MUSTANG

Editrice Il Castoro è socia di IBBY Italia

IBBY ITALIA
Leggere per crescere liberi

Marta Palazzesi
Mustang

viale Andrea Doria 7, 20124 Milano
www.editriceilcastoro.it
info@editriceilcastoro.it

Prima ristampa

Pubblicato in accordo con Grandi & Associati, Milano

Copertina di Luigi Aimè

ISBN 978-88-6966-663-6

Marta Palazzesi

MUSTANG

il castoro

Sometimes I feel like a motherless child,
a long ways from home.

A volte mi sento come un bambino senza madre,
molto lontano da casa.

(Canto della tradizione spiritual, nato tra gli schiavi delle piantagioni)

Texas, maggio 1850

Per avere solo tredici anni, Robb riteneva di sapersela cavare abbastanza bene nella natura selvaggia. Era in grado di lavorare un ramo con il suo coltello fino a trasformarlo in una lancia appuntita, utilissima in caso di attacco da parte di un serpente velenoso. ("Potenziale" attacco, dato che non gli era mai successo. Ma sempre meglio tenersi pronti.) Gli bastava uno sguardo per riconoscere la tana di un armadillo, e un istante per fiutare l'odore muschiato di una colonia di pipistrelli senza coda.

Sapeva quali erano i pericoli che potevano ucciderti con una certa facilità – e che dunque stava attento a evitare –, come scivolare in un crepaccio o ritrovarsi a tu per tu con un coyote.

Ben più importante, sapeva quali cose potevano ucciderti non solo con una certa facilità, ma anche con una discreta quantità di dolore. Venire travolto da una mandria di Mustang era una di queste.

Così, quando Robb si trovò lì, al centro di quella spianata d'erba, con la luna che gli brillava sopra la testa, la terra che gli tremava sotto i piedi e cento cavalli che gli galoppavano contro, fu capace di formulare un solo pensiero.

Sei proprio uno stupido, Robb Varner. Proprio uno stupido.

CAPITOLO 1

Una settimana prima

Una volta Robb aveva sentito sua madre leggere una lettera indirizzata alla zia. Non ricordava granché di tutte quelle banalità tra adulti, ma una cosa sì che gli era rimasta impressa: secondo la madre le praterie del Texas erano le più belle che avesse mai visto, ben più belle di quelle del Kentucky, dove era nata e cresciuta. Ora, Robb non aveva idea di come fossero le praterie del Kentucky e in tutta franchezza non gliene importava un bel niente. Tutto ciò che sapeva era che quelle del Texas erano vaste. Troppo vaste.

«Fermati! Fermati, dannazione! Ti spaccherai una zampa!»

Robb stava inseguendo il puledro da un pezzo, ma quello non sembrava avere alcuna intenzione di rallentare. In sella a Boy, il suo fedele Shire baio dalle zampe bianche, Robb stava cercando di recuperarlo prima che finisse in un crepaccio o si azzoppasse. Il povero Boy, dal canto suo, iniziava a dare cenni di stanchezza: era fatto per trainare carri o aratri, non per spericolate cavalcate ventre a terra.

«Lo so, bello, lo so», gli sussurrò Robb all'orecchio, «vedrai che tra poco lo prendiamo».

Il cavallo nitrì e, ricorrendo alle ultime forze, accelerò, raggiungendo il puledro. Robb tirò abilmente le redini, deviando verso sinistra. Il puledro, percependo l'imponente presenza di Boy, deviò a sua volta, puntando verso una fitta macchia di arbusti.

Si fermerà, pensò Robb. *Deve farlo. Non può saltarli.*

Qualcosa di appuntito gli tagliò la guancia – un sasso, un ramo, un insetto – e Robb sentì il sangue colargli lungo il mento. Ma non rallentò. Doveva prendere quel cavallo a tutti i costi.

Il puledro continuò a puntare i cespugli come un falco in picchiata.

No, no, no! Non può affrontare un salto del genere!

Dieci metri all'ostacolo e il puledro non rallentava.

Cinque.

Quattro.

Tre.

«Fermati!»

Il puledro nitrì e si bloccò di colpo, impennandosi, come se si fosse accorto solo in quel momento del muro di arbusti davanti a sé.

Robb fece rallentare Boy e balzò a terra prima ancora che il cavallo si fermasse. Il puledro continuava a dimenarsi e scalciare, furioso per la fuga interrotta.

«Buono, bello. Buono», sussurrò Robb con le braccia aperte. «Va tutto bene. *Sssh.*»

Il puledro smise di scalciare, ma continuò a battere con forza gli zoccoli a terra, nervoso.

Robb lo raggiunse con passi lenti, mormorando in tono sommesso.

«Adesso ce ne torniamo a casa tranquilli, prima che al vecchio Boy gli prenda un colpo, che ne dici? Bravo, così. Così.»

Il puledro si placò. Robb gli posò una mano sul muso, accarezzandolo con dolcezza.

«Meglio, no?»

Gli fece scivolare una corda attorno al collo e lo tirò a sé. Il puledro oppose una lieve resistenza, poi seguì Robb, docile.

Il ragazzo raggiunse il vecchio Shire e legò la corda del puledro alle sue redini.

«Su, belli, andiamocene a casa. È quasi ora di cena e Mami Bo avrà sfornato il pane.»

Robb raccolse un bastone da terra e, mentre camminava, iniziò a dare dei colpetti tra l'erba per allontanare serpenti, scorpioni e altri animali con cui in quel momento non voleva avere niente a che fare. Anche se la fuga del puledro dal recinto aveva causato non poco scompiglio alla piantagione, era grato per quel fuori programma. Se c'era un buon momento per farsi una bella cavalcata lungo le praterie del Texas, era proprio quando il sole era sul punto di calare e l'aria iniziava a raffrescarsi, riempiendosi del rumore dei primi animali notturni.

Sulla strada del ritorno Robb deviò verso il ruscello che

scorreva oltre i confini della piantagione dello zio, lì dove alcuni anni prima aveva costruito il Rifugio: una capanna di rami intrecciati, fondamentale in caso di pioggia, un vecchio tronco cavo rovesciato, nascondiglio ideale per piccoli tesori, e un mucchio di pietre focaie, perfette per accendere un fuoco in caso di necessità.

Boy e il puledro non manifestarono particolare interesse nei confronti del Rifugio, ma Robb si fermò a controllare che fosse tutto in ordine e ne approfittò per mettere in fuga un pipistrello appeso a un ramo proprio sopra la capanna.

«Sciò!», esclamò. «Sciò! L'ultima cosa che mi serve è una colonia di topi volanti sulla testa. Via!»

Scacciato il pipistrello, Robb puntò verso la piantagione. Le lanterne esterne erano già tutte accese e il corno che segnava la fine della giornata di lavoro degli schiavi era già stato suonato da un pezzo.

Quando giunse in vista della grande casa – maestosa, dipinta di bianco, con un elegante portico colonnato che correva sul fronte principale –, Robb notò subito due sagome sul retro, davanti alla porta della cucina.

La prima, esile e curva, apparteneva a Virgil, il vecchio schiavo che si occupava dei cavalli. La seconda, imponente e minacciosa, era quella di Mami Bo, la cuoca, con cui tutti sapevano che era meglio non scherzare. Con il suo metro e ottanta di altezza e i cento chili di peso (non che qualcuno si fosse mai azzardato a metterla sulla bilancia, ma, a occhio, un quintale sembrava più che plausibile) era capace di prenderti per le spalle e scagliarti giù dai gradini della cucina fin nel cortile, se le mancavi di rispetto. Se poi mancavi di rispetto alla padrona in presenza dell'una (Mami Bo) e in assenza dell'altra (la padrona), ti rifilava una mestolata sugli stinchi rapida come un serpente, lasciandoti un bel livido e nessuna voglia di scherzare almeno per un po'. Robb se ne era presa più di una nella sua vita ma, dato che era il nipote del padrone, i colpi di Mami Bo erano più avvertimenti che vere e proprie punizioni.

E poi, lui sapeva come spuntarla con la schiava. Per esempio, uno dei momenti migliori per sgraffignare qualcosa dalla cucina era quando Mallory, il ragazzo dell'orto, portava le verdure.

Mami Bo lo aspettava sulla porta con i pugni ben piantati sui fianchi. Non appena lo sventurato si avventurava zoppicando su per i gradini, Mami Bo gli strappava il cesto di mano e, dopo avergli puntato un dito contro, chiedeva: «Di' un po', ragazzo, ma tu le sai le ultime novità sui massacri di quei diavoli?».

I "diavoli" erano i Comanche. I "massacri" erano le scorrerie che compivano in Messico. Le "novità" erano le conversazioni origliate da Mami Bo quando gli zii di Robb avevano ospiti a cena, rielaborate dalla sua fervida fantasia.

«... ti dico che li hanno squartati come polli!», insisteva Mami Bo afferrando una gallina e iniziando a spiumarla con foga, sotto lo sguardo atterrito di Mallory. «E non hanno risparmiato nessuno, nemmeno i cavalli! Ah, quelli li hanno scuoiati e con la pelle ci si sono fatti i loro strambi copricapi...»

Quando Mami Bo iniziava a raccontare le nefandezze compiute dai Comanche ai cavalli, Robb capiva che la cuoca stava inventando di sana pianta.

I Comanche erano i migliori guerrieri a cavallo del mondo, o almeno così dicevano tutti. Lui non ne aveva mai visto uno da vicino (nemmeno da lontano, e meglio così), ma chi lo aveva fatto era rimasto sbalordito dal modo in cui cavalcavano.

«A vederli, così bassi e tarchiati, non li crederesti capaci nemmeno di montare un asino», non si stancava mai di raccontare il vecchio Virgil, che aveva assistito a uno dei loro attacchi prima di essere comprato dallo zio di Robb. «Ma in sella diventano più forti, rapidi e potenti di qualunque altra tribù di selvaggi. E sono astuti, oh, se sono astuti!», aggiungeva, spalancando gli occhi. «Quando stanno per passare davanti al nemico, scivolano sul fianco del cavallo e restano appesi alla sella solo per un tallone. Solo per un tallone, capisci? Così tu pensi che quella davanti a te sia una bestia innocua e speri che il diavolo che la montava sia caduto moribondo da qualche parte. E invece... *zac!* Ti ritrovi con una freccia conficcata in mezzo agli occhi!»

Se le testimonianze di Virgil erano vere, e Robb era certo che lo fossero, l'idea di un Comanche che per fabbricarsi uno "strambo copricapo" sacrifica un prezioso cavallo era assolutamente ridicola.

Anche se frutto della strampalata fantasia di Mami Bo, Robb trovava comunque quei racconti affascinanti. E molto utili ai suoi scopi. Mentre la donna tormentava il ragazzo dell'orto con storie di brutali assassinii e stomachevoli sventramenti, lui si intrufolava in cucina, chiedeva a mezza voce il permesso di prendere una fetta di pane caldo e, dopo aver ottenuto dalla cuoca un brontolio incomprensibile e un vago gesto con la mano, ne afferrava due e se la dava a gambe, diretto al vecchio fienile. Una volta dentro si andava a sedere su un mucchio di paglia, davanti alla finestra affacciata sul recinto dei cavalli, e iniziava a mangiare il pane ancora caldo, gustandoselo un pezzo alla volta.

Fino a non molto tempo prima Robb divideva il bottino di quei piccoli furti in cucina insieme al suo amico Aimery, il giovane fabbro della piantagione. Adesso, se per caso Robb passava davanti alla fucina proprio mentre Aimery usciva, nemmeno si salutavano più.

«*Ossignoresantissimo*, ragazzo!», esclamò Mami Bo quando lo vide rientrare sano e salvo con entrambi i cavalli. «Pensavo fossi stato acciuffato da quegli indiani!»

Virgil scese i gradini del portico e gli andò incontro. «Ben fatto, padroncino! Lo sapevo che ci saresti riuscito!»

«Lo speravi, vuoi dire», commentò Mami Bo, salace. «Vecchio come sei, non avresti mica recuperato quel puledro che ti sei fatto sfuggire, e allora cosa ti saresti inventato con il padrone?»

Virgil sventolò una mano come se Mami Bo fosse un moscone fastidioso. «Bah, che ne sapete voi donne di cavalli?»

«Intanto a me un puledro dal recinto non è mai scappato», ribatté Mami Bo con aria di superiorità, prima di rientrare in cucina sbattendo la porta. Un attimo dopo, Robb la sentì abbaiare ordini a quella sventurata di Rachel, la schiava di casa.

Virgil indicò l'interno con il pollice. «Un cavallo dal recinto no, ma il pane dal forno sì, e come si è arrabbiata quella volta!»

Virgil e Robb sghignazzarono divertiti ripensando a quell'episodio che aveva fatto tremare la grande casa da cima a fondo, tanto che per placare Mami Bo era dovuta intervenire zia Adele in persona.

«Li porto io nelle stalle», disse Virgil a Robb, «tu va' dentro prima che si chiedano dove sei finito».

Robb affidò Boy e il puledro a Virgil, poi salì di corsa i gradini del portico sul retro ed entrò in cucina.

Mami Bo, dopo aver dato una bella ripassata a Rachel, adesso stava sfogando la sua frustrazione per il battibecco con Virgil sul povero Mallory.

«Cosa devo fare per avere delle carote decenti, eh?», stava tuonando, agitando la verdura davanti allo schiavo. «Cosa?» Poi, quando vide Robb, lo fulminò con lo sguardo. «E tu cosa pensi di fare nella mia cucina, infangato da capo a piedi e con la faccia impiastricciata di... *ossignoresantissimo*! Ma», strizzò gli occhi, «non sarà mica sangue, quello?».

Robb si tamponò il mento con la manica della camicia. «Non è nulla. Un graffio.»

«Be', la padrona non sarà contenta di vederti in quello stato. Stasera c'è la riunione dei fattori, tra poco qui fuori sarà pieno di gente.»

«Oh, miseriaccia!», esclamò Robb. «Me ne ero scordato!»

«Modera il linguaggio, ragazzo. E tu levati dai piedi, cosa pensi, che queste carote diventeranno più grosse se stai lì a fissarmi? Sciò, sciò!»

Mallory e Robb si scambiarono uno sguardo divertito, prima che lo schiavo zoppicasse via più veloce che poteva. Quanto a Robb, si ritrovò a riflettere sulle sue opzioni per la serata, e a dire la verità non erano molte: l'ultima cosa che desiderava, infatti, era ritrovarsi chiuso nel fienile insieme ai ragazzi Rodney.

Ogni ultimo sabato del mese che Dio mandava in terra, zio Richard invitava tutti i proprietari terrieri della zona, dal più ricco (che in verità era lui stesso) al più povero (i Rodney, per l'appunto), per discutere dell'andamento delle colture, dei prezzi del mercato e in generale di tutto quello che riguardava il commercio agricolo.

I primi ad arrivare, purtroppo, erano proprio loro, i Rodney: il padre con il naso pieno di venuzze rosse, l'alito che sapeva di alcol e i tre figli rozzi, prepotenti e arroganti. Si piazzavano in fondo al fienile dello zio, seduti su lunghe panche di legno, e cominciavano a fumare tabacco e sputare per terra, snocciolando aneddoti volgari e, secondo Robb, del tutto inverosimili.

Quando poi si annoiavano ad aspettare l'inizio della riunione, i ragazzi Rodney uscivano dal capannone e si mettevano a gironzolare per la fattoria, infastidendo le schiave, chiedendo cibo in cucina e, se riuscivano a stanarlo, prendendo Robb a calci nel sedere.

Ecco perché, quando si avvicinava l'imbrunire, di solito lui se la filava.

«Adesso che ci penso, mi pare che ci sia una giumenta che deve partorire», disse Robb. «Sì, non credo che riuscirò a cenare, stasera... Meglio che vada a dare una mano a Virgil...»

Prima che Mami Bo potesse fermarlo, Robb uscì dalla cucina, superò il fienile, passò accanto al recinto dei puledri e raggiunse le stalle.

Sulla destra, oltre l'orto, si trovava il quartiere degli schiavi, due file di casette di legno verniciate di bianco, con la casa del sorvegliante Zachary, l'unica in mattoni, in testa. L'edificio della sgranatrice di cotone, un macchinario che zio Richard aveva comprato alcuni anni prima a una fiera, si trovava poco più in là. Perpendicolari alla grande casa, ma separati da una buona quantità di metri e da un filare di alti alberi sempreverdi, si stendevano i campi di cotone. Un mare candido che, sotto la luce del sole, si trasformava in una lastra accecante. Accanto alle stalle c'erano la fucina e un paio di magazzini pieni di cianfrusaglie che da piccolo Robb si divertiva a esplorare insieme ad Aimery.

Quando passò davanti alla fucina, Robb lanciò un'occhiata all'interno. Il suo amico, anzi, ex amico, era lì, intento a battere il ferro rovente con un martello, le braccia scure coperte di sudore.

Clang. Clang. Clang.

Anche se la fucina era illuminata solo dalle braci che ardevano, Robb riusciva a vedere la cicatrice che attraversava il lato destro del viso di Aimery, dall'attaccatura dei capelli, passando per l'occhio, la guancia, fin giù alla mascella. Del resto, non si era perso nulla dell'Incidente. Non avrebbe potuto.

Clang. Clang. Clang.

Robb oltrepassò la fucina ed entrò nelle stalle. Abituato all'odore del letame, non fece granché caso alla montagnetta fumante che Virgil aveva appena finito di rastrellare in un angolo.

«Che ci fai qui, padroncino? Dovresti essere nella vasca da bagno a farti bello per la cena.»

«Mi sono dimenticato della riunione dei fattori», spiegò il ragazzo.

«Oh», fece lo schiavo. «Capisco. Qual è la scusa, questa volta?»

«Il parto di una giumenta.»

Virgil scoppiò a ridere. «Quale giumenta?»

«Sono sicuro che ti inventerai qualcosa, se te lo chiedono.» Robb raggiunse Boy, che lo guardò con diffidenza. «E dai, vecchio mio, non te la vuoi fare una bella cavalcata al chiaro di luna?»

Boy sbuffò con forza e agitò la testa.

«Mi sa che per oggi ha vissuto troppe emozioni», rise Virgil. «Lasciala in pace, povera bestia.»

Robb si voltò e lanciò uno sguardo pieno di desiderio al cavallo dello zio. Tuono era un Purosangue Inglese nero come la notte e di una bellezza unica. Lo zio ne era gelosissimo e nessuno poteva montarlo tranne lui. Rassegnato,

Robb fece un cenno con il mento in direzione di uno dei cavalli da tiro che di solito venivano attaccati al calesse.

Virgil ridacchiò. «Per quello che hai in mente, va più che bene.»

«Sì, ma con Tuono sarebbe stata tutta un'altra cosa.»

Virgil condusse il cavallo fuori dallo stallo. «Inutile crucciarsi per quello che non si ha.»

Robb lo sellò mentre Virgil riprendeva a pulire per terra.

«Cerca di non avventurarti troppo oltre i confini», ammonì poi lo schiavo. «Lo sai cosa c'è là fuori.»

La schiena di Robb fu percorsa da un brivido di eccitazione. «Ma non si sono mai spinti fino a qui, no?»

«Questo non significa che non lo faranno.»

«Non è il loro territorio.»

«Ragazzo, un tempo tutto questo era loro territorio», ribatté Virgil allargando le braccia.

Robb si grattò la testa, pensieroso. Rischiare di beccarsi una freccia dai Comanche o avere la certezza di prenderle dai Rodney?

Per lui non c'erano dubbi.

Montò in sella al cavallo e fece un cenno di saluto a Virgil. Poi spronò l'animale e uscì al galoppo dalla stalla, verso la prateria.

CAPITOLO 2

«Però, quello sì che è un toro! Quanto saranno lunghe le corna?»

«Almeno due metri», rispose Virgil mentre due schiavi molto più giovani e molto meno esperti di lui conducevano l'animale dentro la stalla dei bovini. Il toro scartò di lato all'improvviso e uno degli schiavi rischiò di trovarsi infilzato come una pannocchia.

«Perché non li aiuti? Tu sapresti come gestire quel bestione.»

Virgil gli fece l'occhiolino. «E a che serve avere la mia età se non puoi divertirti almeno un po'?»

Robb e lo schiavo erano nel recinto dei puledri, impegnati a spazzolare i giovani esemplari.

A Robb piaceva prendersi cura dei cavalli. Li riteneva gli animali più intelligenti con cui avere a che fare. Con un'unica, singolare eccezione: Tango, il vecchio cane nero di zio Richard. Quella bestia aveva l'innata capacità di sfuggire al controllo di Mami Bo e sgraffignare cibo in cucina con una destrezza a dir poco sorprendente, considerata la sua veneranda età.

«Perché zio Richard lo ha comprato?», chiese Robb incuriosito. Non era la prima volta che vedeva dei Longhorn, una razza bovina con corna lunghe anche più di due metri, ma da quelle parti tutti preferivano allevare mucche più grasse e meno pericolose.

Virgil finì di strigliare un puledro e poi gli diede una pacca sulla schiena. L'animale nitrì e iniziò a correre attorno al recinto scrollando la criniera chiara.

«È una bella bestia», rispose Virgil. «E costa poco mantenerla. I Longhorn si adattano con facilità e mangiano quello che trovano.»

Robb lanciò uno sguardo preoccupato al toro, le cui corna passavano a malapena per la porta della stalla. Sperava proprio che allo zio non venisse in mente di chiedergli di occuparsene. Non aveva nessuna voglia di trovarsi vicino alla testa di quel bestione. Nemmeno al fondoschiena, a dirla tutta.

«Ehilà, signorina Susan!», esclamò Virgil togliendosi il cappello di paglia e sventolandolo in direzione della sorellina di Robb, che stava camminando insieme a Rachel.

Susan si comportò come se Virgil non avesse aperto bocca. Non rallentò né girò la testa.

«Andiamo a vedere se le pesche nel frutteto sono mature», spiegò Rachel.

Robb continuò a spazzolare il puledro con gli occhi bassi. Dopo qualche istante, sentì Virgil sospirare.

«Non è colpa sua, padroncino. Lei è come è.»

Robb non rispose. Sapeva come la pensava Virgil e non

aveva voglia di ascoltarlo. La verità pura e semplice era che Robb ce l'aveva a morte con Susan. Quella sorella così strana, che non parlava con nessuno e trascorreva le giornate a fissare nel vuoto, salvo poi esplodere in improvvisi scatti di rabbia o crisi di pianto che nessuno era in grado di placare.

E poi non ci assomigliamo nemmeno, pensò stizzito.

Susan era piccolina, con la pelle chiarissima, il naso pieno di lentiggini, capelli rossicci e occhi castani. Robb, invece, era alto (ma molto magro, ecco perché i ragazzi Rodney riuscivano ad avere sempre la meglio su di lui), con la pelle olivastra, i capelli neri e gli occhi color del carbone.

Se Susan non fosse stata sua sorella, in quel momento Robb sarebbe stato insieme ai suoi genitori in California, a mangiare arance al sole. Perché, era ovvio, il motivo per cui lo avevano lasciato lì alla piantagione era proprio Susan. Non era una novità, del resto: sin da quando erano piccoli Robb aveva sempre avuto lo sgradito compito di prendersi cura della sorellina.

Per un po' Robb era stato convinto che, dopo essersi sistemati, i genitori gli avrebbero scritto invitandolo a raggiungerli in California. Avrebbero avuto bisogno di due braccia in più per raccogliere le arance e mettere insieme abbastanza soldi da costruire la loro fattoria. Ma il tempo era passato e nessuna lettera era arrivata.

Tutto per colpa di Susan.

Quando l'ultimo puledro fu strigliato, Robb restituì la spazzola a Virgil e uscì dal recinto con un balzo.

«Dove te ne vai, adesso?», gli chiese lo schiavo asciugandosi il sudore dalla fronte con la manica della camicia sbrindellata.

«Al Rifugio», rispose Robb. «Ho scoperto una tana di armadilli lì vicino.»

«Buon divertimento», gli augurò Virgil.

Robb lo salutò e corse a sellare Boy. Il cavallo stava sonnecchiando, ma non appena lo sentì arrivare alzò la testa e sbuffò dalle grosse narici tonde.

«Su, su, non fare il geloso, nonnetto», sorrise Robb. «Quei puledri non sono mica capaci di spazzolarsi da soli. E nemmeno tu.»

Aprì il cancelletto di Boy e afferrò le redini, ma un attimo prima di farlo uscire sentì delle grida e si fermò. Boy girò testa e orecchie verso la porta della stalla e batté a terra gli zoccoli, innervosito.

«Torno subito, Boy», disse Robb richiudendo il cancelletto e correndo fuori dalla stalla.

La moglie del sorvegliante Zachary gli passò davanti in quel momento, trafelata e con l'aria terrorizzata.

«Signora Zachary, cosa c'è?», le chiese Robb seguendola.

«Il fucile!», gridò la donna, con la lunga gonna a fiori che le svolazzava attorno alle caviglie. «Il fucile! È sparito! Lo hanno rubato gli schiavi! Ci uccideranno tutti!»

La porta della cucina si spalancò e Mami Bo uscì sul portico del retro con le mani sui fianchi. «*Ossignoresantissimo*, ma cosa succede?»

La moglie del sorvegliante la ignorò e tirò dritto verso l'ingresso principale. «Signor Varner! Signora Varner!»

Robb e Mami Bo si scambiarono un'occhiata e andarono dietro alla donna. Quando raggiunsero il fronte della casa, zio Richard era già sulla porta, in maniche di camicia, con gli occhiali sul naso e le dita macchiate di inchiostro.

«Qual è il problema, signora Zachary?»

La donna si fermò ai piedi del portico. «Il fucile di mio marito», disse ansimando, i capelli chiari che le sfuggivano dalla crocchia e la pelle del viso chiazzata di rosso. «Quello di riserva, intendo. È sparito. Quando sono uscita questa mattina per andare nel pollaio era al suo posto, chiuso nell'armadietto di fianco alla porta. E quando sono tornata l'armadietto era stato scassinato e il fucile non c'era più!» Rivolse uno sguardo malevolo a Mami Bo e a Virgil, che nel frattempo, attirato dalle grida, era sopraggiunto. «L'hanno preso gli schiavi. Vogliono ucciderci! È già successo in altre piantagioni, no? Donne e bambini massacrati nel sonno, uomini impiccati...»

Zio Richard alzò le mani, interrompendola. «Nessuno verrà massacrato, signora Zachary, non lo pensi nemmeno.» Si prese qualche istante per riflettere, poi si rivolse a Robb. «Corri a chiamare il sorvegliante e digli di radunare qui tutti gli schiavi.»

Robb non se lo fece ripetere due volte e partì di volata verso i campi. Percorse un tratto del viale principale, quello fiancheggiato da alti alberi di noci pecan, e poi deviò verso sinistra. Dopo qualche minuto, iniziò a vedere le sagome degli schiavi chini sulle piante di cotone. Il sorvegliante Zachary, con il fucile pigramente imbracciato, supervisionava il lavoro in sella a un cavallo.

«Signor Zachary!», lo chiamò Robb sbracciandosi.

L'uomo – alto, magro, con i capelli e la barbetta rossicci e la pelle sempre ustionata – spronò il cavallo verso di lui.

«Che succede, ragazzo?»

«Zio Richard ha chiesto di radunare tutti gli schiavi davanti al portico», rispose Robb. Poi aggiunse a bassa voce: «È sparito un fucile da casa sua. Sua moglie dice che è stato rubato».

Il sorvegliante Zachary imprecò. «D'accordo. Di' a tuo zio che tra poco saranno tutti lì.»

Robb tornò indietro, domandandosi cosa stesse per succedere. La sparizione di un'arma non era una cosa da poco, a maggior ragione se a rubarla fosse davvero stato uno schiavo. Alcuni padroni, una volta trovato il colpevole, non avrebbero esitato a impiccarlo a un albero senza troppi complimenti. Zio Richard non era così, ma Robb sapeva bene che non avrebbe potuto ignorare un fatto tanto grave.

Chi ha preso il fucile?, si chiese. *Per cosa? Una rivolta? In fondo la signora Zachary ha ragione, non sarebbe certo la prima...*

La più famosa (Robb ne aveva sentito parlare proprio lo zio Richard una sera quando era venuto in visita lo sceriffo) era scoppiata in Virginia una ventina di anni prima, guidata da uno schiavo di nome Nat Turner. Era durata pochi giorni, sufficienti però a massacrare più di cinquanta bianchi, inclusi donne e bambini.

«Stanno arrivando», annunciò Robb quando giunse davanti al portico. Zio Richard era ancora lì in piedi, con le mani sui fianchi e l'espressione contrariata. Anche Mami Bo e Virgil non si erano mossi, mentre la signora Zachary, adesso, era seduta sul dondolo insieme a zia Adele, che cercava di consolarla dandole lievi colpetti sulla spalla. Susan non si vedeva da nessuna parte e Robb immaginò che fosse stata affidata a Rachel.

Zachary comparve pochi minuti dopo in sella al cavallo, seguito dagli schiavi, una lunga processione di teste chine e piedi strascicati.

«Sono tutti?», gli chiese zio Richard.

«Sì, signore.»

Robb vide Aimery insieme al padre e alla madre. Sotto la luce del sole, lo sfregio che gli deturpava il viso era ancora più evidente, uno squarcio più chiaro in mezzo a quel viso scuro e spigoloso. Frammenti dell'Incidente balenarono davanti agli occhi di Robb: le grida, il sangue, la frusta che sibilava nell'aria... Strizzò le palpebre. Quando le riaprì, i ricordi si erano dissolti.

La paura e l'apprensione che serpeggiavano tra gli schiavi erano tangibili. Avevano tutti lo sguardo basso, le spalle tese, il respiro accelerato. Il silenzio era tale che Robb poteva sentire distintamente gli zoccoli dei puledri che trottavano nel recinto.

Zio Richard passò in rassegna la marea umana davanti a sé, scrutando gli schiavi uno a uno, soffermandosi su ogni volto, anche quelli dei bambini che si nascondevano dietro le gambe dei genitori.

«Per la seconda volta in sei mesi», esordì, la voce alta e chiara, il tono duro e inflessibile, «sono stato costretto a convocarvi tutti qui. È una situazione che non piace a nessuno, a me meno che a voi, ma è stato commesso un reato ed è necessario fare chiarezza».

Robb guardò Aimery. Non appena zio Richard aveva fatto riferimento al passato, la maggior parte degli schiavi aveva rivolto a lui e ai suoi genitori delle occhiate diffidenti. Del resto, sei mesi prima si erano trovati in una situazione molto simile a causa loro.

La fuga di uno schiavo non era faccenda da prendersi alla leggera, nel Texas del 1850. In una simile circostanza molti padroni avrebbero fatto frustare tutti gli schiavi sperando di ottenere informazioni, o anche solo per sfogare la propria frustrazione. Altri avrebbero torturato la famiglia del fuggitivo e ridotto le razioni di cibo a tutti.

Quando Abel, il fratello maggiore di Aimery, era scappato, zio Richard non aveva fatto niente del genere. Ne aveva denunciato la scomparsa, certo, e da lì era stato emesso un mandato di cattura su cui lui aveva esplicitamente fatto scrivere che voleva il ragazzo vivo ed era disposto a pagare una lauta ricompensa. Poi aveva parlato con i genitori di Abel e Aimery a lungo, ma Robb non aveva mai saputo cosa si fossero detti. La vigilanza era raddoppiata e per un certo periodo agli schiavi era stato proibito di uscire dalle loro baracche dopo il calare del sole. Ma, tutto sommato, la vita alla piantagione era andata avanti più o meno come sempre.

Per diverse settimane, però, Robb era stato certo che altri schiavi sarebbero scappati, dato che zio Richard si era mostrato clemente.

«Scappare?», aveva detto Virgil quando Robb gli aveva confessato i suoi timori, mentre strigliava i cavalli. «E rischiare di venire ucciso o mutilato se ti acchiappano? No, padroncino, per come va il mondo oggi, non ne vale la pena.»

«Allora perché Abel l'ha fatto?»

Virgil aveva alzato le spalle. «Abel è giovane e non vede le cose nella giusta prospettiva. Ma quando hai vissuto tanto come me e sai cosa c'è là fuori, capisci che una catena attorno alla caviglia non è il peggio che ti possa capitare.»

«Zio Richard non mette catene attorno alle caviglie di nessuno», aveva osservato Robb.

Virgil aveva ridacchiato scuotendo la testa, come se al ragazzo sfuggisse qualcosa di fondamentale, e il discorso si era chiuso lì.

Robb studiò l'espressione di Aimery, ma lui sembrava del tutto indifferente a quello che stava succedendo, come se non lo riguardasse.

«Virgil!», chiamò zio Richard.

«Sì, padrone?»

«Che nessuno si azzardi a mettere piede nella propria baracca fino a che non lo dico io. Devono restare come sono.»

«Ma perché, padrone...?»

«Perché le voglio perquisire. Una a una. Da cima a fondo.»

A quelle parole, nessuno degli schiavi osò alzare gli occhi da terra.

«Signore, non sarebbe meglio chiamare lo sceriffo?», suggerì il sorvegliante Zachary. «Posso andare e tornare dalla città in meno di un'ora.»

Per un attimo zio Richard sembrò prendere in considerazione la proposta. Poi scosse la testa e si voltò verso Robb.

«Vieni con me, ragazzo», ordinò.

Robb lo seguì verso il quartiere degli schiavi. Era dal giorno dell'Incidente che non ci metteva piede e quando oltrepassò la casa del sorvegliante provò un guizzo allo stomaco. Le baracche degli schiavi si trovavano subito dopo, tutte più o meno ben tenute, alcune con un piccolo orto sul retro, altre con qualche vaso di fiori accanto all'uscio.

Zio Richard spalancò la porta della prima baracca. Robb sapeva che era quella di Mallory e dei suoi genitori. Era una delle più piccole, ma pulita e in ordine. Si riduceva a un'unica stanza, con un tavolo, una sedia e alcune mensole su cui erano posati dei semplici utensili da cucina. In un angolo, a terra, c'era un grosso materasso di iuta chiara, imbottito di foglie secche. Lo zio attraversò la casa con due passi e afferrò il materasso, scuotendolo prima e calpestandolo poi.

Robb, intanto, restò fermo sulla porta, in attesa di indicazioni.

«Va' sul retro. Controlla che non ci siano buche nell'orto», disse lo zio un attimo dopo.

Robb fece il giro della casa, ispezionando il piccolo pezzo di terra che Mallory e i suoi genitori avevano zappato e seminato. Facendo attenzione a non calpestare le verdure, scrutò il terreno in cerca di punti dissodati o sospetti, ma non notò nulla.

Mal non ruberebbe mai un fucile, si disse Robb. *E nemmeno i suoi genitori.*

Zio Richard, intanto, era passato alla baracca successiva. Impiegò pochi secondi a perquisirla, tanto che Robb non fece nemmeno in tempo a entrarci. Anche quella dopo non diede alcun frutto. E più le baracche si susseguivano senza che il famigerato fucile saltasse fuori, più zio Richard si faceva irrequieto.

L'ultima baracca era quella della famiglia di Aimery. Era la più grande, perché i suoi genitori erano stati i primi schiavi che zio Richard aveva comprato, quasi vent'anni prima. All'inizio lo zio aveva lavorato spalla contro spalla con loro nei campi per mettere su la piantagione. Lo raccontava sempre. O almeno lo aveva fatto fino alla fuga di Abel. Da quel giorno, se qualche ospite o conoscente gli faceva domande sulla nascita della piantagione, zio Richard non nominava gli schiavi. Era come se non volesse pensare più a loro.

Adesso, però, doveva farlo. E anche Robb doveva pensare ad Aimery e a tutti i pomeriggi che avevano trascorso nella sua baracca e a giocare nell'orto, divertendosi a cercare vermi nella terra umida con cui infastidire Abel.

Quando zio Richard aprì la porta, Robb provò una fitta. Ecco il tavolo addossato alla parete, accanto al camino in pietra che il padre di Aimery si era costruito da solo ogni sera, dopo il lavoro nei campi. Ecco i materassi di iuta, uguali a quelli di tutti gli altri schiavi, certo, ma che la madre di Aimery aveva cucito e ricamato con cura. E, appesi a uno dei chiodi dietro la porta, c'erano ancora i vestiti estivi di Abel, la camicia senza bottoni e il cappello di paglia tutto strappato che il ragazzo aveva lasciato lì perché era scappato in pieno inverno, subito dopo Natale, quando tutti erano più allegri, rilassati e un po' alticci per via del cibo e dell'alcol ingurgitati in quei giorni.

Zio Richard passò in rassegna la baracca, gli occhi come fessure e le mani sui fianchi.

«Tu controlla i materassi. Squarciali, se necessario.»

Robb fece come gli aveva detto, ma non fu necessario squarciare nulla, perché nei materassi non c'era niente di sospetto, così come negli armadietti sopra il tavolo e nel buco del camino. Anche nell'orto era tutto a posto: apparentemente, nessuno aveva cercato di nascondervi alcunché.

Zio Richard lasciò la baracca in silenzio e risalì con passi pesanti il vialetto polveroso, oltrepassando la casa del sorvegliante Zachary, le stalle, la fucina e il recinto dei puledri.

Gli schiavi erano ancora tutti perfettamente allineati e Robb aveva l'impressione che nessuno di loro si fosse azzardato a muovere un muscolo. D'istinto, cercò con lo sguardo il vecchio amico, ma Aimery aveva un'aria tranquilla, gli occhi dritti davanti a sé e un braccio stretto protettivamente attorno alle spalle della madre.

«Da questo momento», esordì zio Richard, «è proibito uscire dalla propria baracca dopo il suono del corno, se non per andare alla latrina. Niente riunioni attorno al falò, niente balli e niente canti. E sono sospesi tutti i permessi per il fine settimana».

Diversi schiavi si agitarono. Robb sapeva che erano quelli con mogli e figli in altre piantagioni. Di solito zio Richard li lasciava liberi di andarsene la domenica mattina, con l'obbligo, però, di rientrare dopo cena. E ovviamente dava loro un lasciapassare per evitare spiacevoli incidenti nel caso avessero incontrato gli uomini dello sceriffo o una di quelle squadre improvvisate di straccioni bianchi, ansiose di mettere le mani su un fuggitivo – o presunto tale – in cambio di un bel gruzzolo.

«Avete sentito il padrone? Su, tornate al lavoro adesso!», ordinò il sorvegliante Zachary. «Muovetevi!»

Robb guardò gli schiavi sciamare in silenzio verso i campi. Aimery accompagnò i genitori per qualche metro, prima di voltarsi per tornare nella fucina. Robb pensò subito che ci fosse qualcosa di diverso in lui. Impiegò qualche istante a capire di cosa si trattasse, ma alla fine gli fu chiaro. Per la prima volta dal giorno dell'Incidente, Aimery lo aveva guardato negli occhi.

CAPITOLO 3

Due giorni più tardi, del fucile rubato non c'era ancora nessuna traccia.

Dopo un primo momento di preoccupazione, Robb era arrivato alla conclusione che chiunque lo avesse preso non aveva alcuna intenzione di ammazzare lui, zio Richard, zia Adele e Susan mentre dormivano nei loro letti, altrimenti lo avrebbe già fatto. E poi, una rivolta con un solo fucile era un'idea ridicola. Gli schiavi avrebbero avuto bisogno almeno di un'arma a testa per avere la meglio sullo sceriffo e i suoi uomini. E, anche in quel caso, dove sarebbero andati? Molti schiavi che fuggivano da quelle parti provavano a raggiungere il Messico, ma si diceva che nessuno, o quasi, riuscisse a farcela. Era un viaggio pieno di insidie: se a ucciderti non erano lo sceriffo o le bande di straccioni bianchi c'era sempre il rischio di mettere i piedi sull'animale sbagliato – uno scorpione o un serpente. E poi c'era il caldo, un caldo bruciante, che ti accartocciava la pelle e i pensieri.

Il ladro vorrà venderlo o scambiarlo, concluse Robb entrando in casa dopo una giornata trascorsa al Rifugio a lavorare a un nuovo arco. Scegliere il ramo adatto era stata una vera impresa: robusto ma allo stesso tempo flessuoso, con la parte centrale spessa e le estremità più sottili, ma non troppo. Quando alla fine si era ritrovato in mano il pezzo di legno giusto, aveva dovuto tagliare tutte le sporgenze e i rametti e piallarlo, facendo attenzione a non comprometterne l'elasticità. Insomma, non una cosa da poco e per questo andava piuttosto fiero del risultato ottenuto.

Quando entrò in sala da pranzo per la cena non vedeva l'ora di raccontare a zio Richard dell'arco, ma capì subito che qualcosa non andava.

Lo zio era seduto a capotavola, come sempre, ma aveva l'aria contrariata e una profonda ruga tra le sopracciglia. Tango, sdraiato accanto alla sua sedia, batté a terra la coda, contento di vedere Robb.

Prima che il ragazzo potesse aprire la bocca, Virgil entrò nella stanza e porse al padrone una busta.

«Dalla piantagione Musson, padrone.»

L'espressione di zio Richard si fece ancora più contrariata. Prese la busta in silenzio e mandò via Virgil con un gesto della mano.

«Vuoi metterti nel commercio del tabacco?», chiese incuriosito Robb. Il signor Musson era uno dei più grandi coltivatori di tabacco della zona, ma lo zio aveva sempre detto di non essere interessato a quel tipo di attività. «Non fumi nemmeno», aggiunse.

«Dove sei stato?», intervenne zia Adele, senza dare il tempo a zio Richard di rispondere.

Robb alzò le spalle. «Fuori.»

«Non osare mancare di rispetto a tua zia, ragazzo», sbottò lo zio. «Ti ha fatto una domanda, rispondi come si deve.»

«Ma ho risposto», protestò Robb. «Sono stato fuori. Prima nel recinto dei cavalli, poi a occuparmi di Boy e infine ho fatto un giro attorno al ruscello. Come sempre», sottolineò.

«Da questo momento ti è proibito lasciare i confini della piantagione», disse zio Richard, lapidario.

«Cosa? Ma perché? Non ho fatto nulla!»

«Non ribattere e obbedisci senza discutere.» Zio Richard suonò il campanello per far portare la cena.

«Zio, dimmi perché», insistette Robb, ancora in piedi accanto al tavolo. «Non sono più un bambino.»

«Invece, quando ti comporti così, dimostri di essere proprio questo: un bambino.»

«Robb, caro, siamo solo preoccupati», disse zia Adele. «Non vogliamo che ti succeda nulla di male...»

«Perché, cosa dovrebbe succedermi?»

Zio Richard indicò a Robb il suo posto. «Mettiti seduto.»

«No.»

«Robb, non sfidarmi. Non è il giorno giusto.»

«Ma io non voglio sfidarti! Voglio solo una spiegazione!»

«Ci sono stati dei morti...», sussurrò zia Adele.

«Morti? Che morti?», chiese Robb.

Zio Richard scosse la testa. «Una coppia di Austin che stava andando a lavorare dagli Hogg come braccianti.»

«Una coppia di bianchi, intendi?»

«Sì. Bianchi pieni di debiti. Il signor Hogg si è offerto di farli lavorare per sei mesi a una paga ragionevole. Avrebbero dovuto iniziare questa mattina, ma non si sono presentati. Lo sceriffo ha mandato una squadra a cercarli e li ha trovati a un paio di miglia dalla strada, verso la scarpata. Morti.»

«Sono stati gli indiani?», domandò subito Robb con un brivido di emozione.

«No, di questo lo sceriffo è certo.»

Robb capiva che gli zii fossero preoccupati per lui, ma sapeva cavarsela. E poi nessuno sarebbe riuscito a scovare il Rifugio, nascosto com'era. E lui, comunque, era in grado di difendersi. Aveva un coltello su cui contare e un arco (quasi) pronto.

«Non capisco perché devo restare chiuso in casa», obiettò. «Mi dispiace per quella coppia, ma probabilmente è stata derubata da qualche banda di ubriachi. Nessuno si sognerebbe mai di derubare me.»

«Non mi interessa», replicò zio Richard. «Resterai dentro i confini della piantagione e basta.»

«Fino a quando?»

«Fino a quando lo dirò io. E con questo il discorso è chiuso.»

Per Robb, però, il discorso non era affatto chiuso. L'improvvisa perdita della libertà gli pareva un'ingiustizia insostenibile. Cosa avrebbe fatto tutto il giorno oltre a spazzolare i cavalli? E il suo arco? Lo aveva lasciato al Rifugio. Quando sarebbe riuscito a finirlo?

«Non è giusto...»

Zio Richard sbatté una mano sul tavolo. Tango uggiolò, spaventato. Rachel, che aveva appena fatto capolino dalla porta con la zuppiera d'argento tra le mani, si ritirò con un precipitoso dietrofront.

«Non mi importa che sia giusto o sbagliato!», gridò zio Richard. «È come dico io!»

«Non puoi darmi ordini! Tu non sei mio padre!»

«Robb!», esclamò zia Adele, sconvolta.

Zio Richard, intanto, si era alzato in piedi e stava puntando un dito contro Robb.

«Non lo sono, no. E per questo ringrazio Dio ogni giorno che manda in terra!»

In quel momento Susan scoppiò a piangere. Robb non era certo che avesse davvero capito l'argomento della discussione; forse le era venuta un'improvvisa voglia di piangere senza motivo (in tal caso, pensò, il suo tempismo era pessimo) o il tono di zio Richard l'aveva spaventata.

«Robb!», esclamò nuovamente zia Adele, cingendo le spalle di Susan. «Guarda cosa hai fatto!»

«*Io*?!», protestò Robb. «Ma non ho fatto nulla!»

«Ragazzo! Mettiti seduto!», ordinò zio Richard.

Robb restò immobile per un istante, fissando dapprima l'espressione di condanna di zia Adele, poi quella furiosa di zio Richard e infine quella disperata della sorella. Ed esplose.

«Andate tutti al diavolo!», sbottò, prima di voltarsi e scappare via.

Uscì di casa, attraversò di corsa il cortile sul retro, superò il recinto dei puledri e le stalle, raggiunse la staccionata e la saltò.

«Al diavolo tutti, sì!», urlò prendendo a calci sassi e arbusti, mentre procedeva spedito verso il Rifugio. «Al diavolo gli zii. Al diavolo Susan!», si sfogò. «Se non fosse per lei, adesso sarei in California con mamma e papà! È tutta colpa sua!»

Accecato dalla rabbia e dalla frustrazione, Robb imboccò il sentiero che portava al ruscello, ma una volta al Rifugio non si fermò. Continuò a camminare, borbottando a mezza voce, immaginando tutte le cose meravigliose che avrebbe fatto se Susan non fosse mai nata. Se ne sarebbe andato da lì, si sarebbe costruito una sua vita. Da quelle parti l'unico Varner che contava era suo zio. Lui sarebbe rimasto per sempre il nipote negletto, quello abbandonato dai genitori e accolto in casa per mera carità.

Con il calare dell'oscurità calò anche la temperatura, ma Robb, orgoglioso com'era, impose alle sue gambe di continuare a muoversi, ripensando al giorno in cui quell'ambulante era passato dalla piantagione, la primavera di due anni prima. Viaggiava su un carro pieno di casse di arance della California e aveva subito ammaliato suo padre con racconti su quella terra dorata.

«Terra fertile e ricca, per un uomo è uno scherzo mettere su un bel frutteto e fare soldi a palate», aveva millantato.

Il padre di Robb lo aveva tempestato di domande, le mani affondate nelle tasche dei pantaloni, le spalle curve e i capelli tirati all'indietro: quante settimane di viaggio? Qual era la strada più veloce? C'era bisogno di un permesso per iniziare un'attività? Quanto costava un ettaro di terra?

Poi aveva acquistato due casse di arance e si era rintanato nel fienile a bere, come suo solito. Robb era certo che il padre avesse maturato lì la decisione di andarsene e che l'Incidente avesse accelerato tutto quanto.

«Al diavolo!», esclamò Robb, fermandosi di colpo. «Andrò in California per conto mio. Troverò i soldi, in qualche modo, e me ne andrò! Così vedranno quanto valgo!»

La decisione era presa. Sentendosi più determinato che mai, girò sui tacchi e riprese a camminare verso la piantagione, animato da quel nuovo proposito. Attraversò una macchia di alberi e di arbusti, sbucando nella spianata di erba che aveva percorso poco prima. Non si era mai spinto così in là in vita sua e, ora che era più calmo, provò un brivido di paura. Se un Comanche lo avesse crivellato di frecce non sarebbe mai andato in California dimostrando a tutti che era in grado di cavarsela da solo.

Accelerò il passo, guardandosi attorno. Sembrava tutto molto tranquillo. La luna era alta nel cielo e l'unico rumore era il frinire di grilli e cicale. Non si sentivano nemmeno i coyote ululare, quella sera.

Che strano...

E poi, proprio mentre era al centro della spianata di erba, Robb sentì la terra tremare sotto i piedi. L'aria si riempì di un suono che non aveva mai sentito prima in vita sua. Sembrava che qualcosa di immenso stesse crollando, franando, precipitando. Girò su se stesso, spaventato, senza sapere cosa fare né dove andare. Un attimo più tardi la vide. Una mandria di cavalli in corsa sbucò dalla macchia di alberi e attraversò in un battito di ciglia metà della spianata.

Puntando dritto verso di lui.

Sei proprio uno stupido, Robb Varner. Proprio uno stupido.

Robb poteva già percepire il calore sprigionato da quella marea di corpi in movimento, quando qualcosa lo colpì con forza. Cadde a terra, rotolò per diversi metri e si fermò sbattendo contro un masso. Tutto gli sembrò molto confuso, poi perse i sensi. Quando si rialzò, forse dopo un minuto, forse dopo dieci, della mandria di cavalli non restavano che metri e metri di erba calpestata. E di chi gli aveva salvato la vita solo una lucente piuma bianca dalla punta dipinta di blu.

CAPITOLO 4

Con la piuma nascosta sotto la camicia e il cuore che gli scoppiava nel petto, Robb tornò di corsa alla piantagione. Scavalcò la staccionata con un balzo, superò le stalle e il recinto dei puledri ed entrò come una furia in cucina passando dal retro.

Mami Bo era ancora al lavoro, impegnata a impastare il pane per il giorno seguente, mentre Rachel asciugava i piatti della cena.

La porta-zanzariera sbatté contro la parete, facendo sobbalzare la povera Rachel.

«*Ossignoresantissimo*, ragazzo!», esclamò Mami Bo. «Non siamo già tutti abbastanza nervosi per 'sta storia del fucile? Ti ci devi mettere anche tu a pestare colpi a destra e a sinistra?»

«I cavalli!», esclamò Robb ansimando. «Sono là! Là fuori! A centinaia! Per poco non mi hanno travolto!»

Mami Bo si pulì le mani sul grembiule. «Ma di che parli, ragazzo? Che cavalli? E poi che vuol dire "là fuori"? Non te ne sarai andato a zonzo da solo con il buio?»

Capendo che né Mami Bo né Rachel gli avrebbero dato ascolto, Robb corse di nuovo fuori, in cerca di Virgil. Lui non avrebbe avuto bisogno di troppe spiegazioni.

Il vecchio schiavo era nelle stalle come al solito, a dare un'ultima pulita ai cubicoli dei cavalli prima della notte. Fischiettava allegramente, rastrellando paglia e letame a ritmo del motivetto.

«Virgil, ho visto i Mustang!», esclamò Robb. «Una mandria enorme, gigantesca, a nord della piantagione!»

Virgil smise di rastrellare e si voltò con gli occhi spalancati.

«*Masteños...*»

«Come? Cosa?»

Virgil sventolò una mano. «Una mandria, dici, padroncino? Ma sei sicuro? Questa non è zona di Mustang. Loro stanno più su, verso le terre degli indiani. La Comancheria.»

«No, no, era una mandria vera e propria! Saranno stati almeno... cento, centocinquanta! E stavano per travolgermi, solo che...»

«Solo che?»

Robb sentiva la piuma bianca e blu pizzicargli la pelle sotto la camicia. Qualcosa gli suggerì di non dire nulla allo schiavo.

«... li ho schivati in tempo», concluse frettolosamente.

Virgil lo studiò per un istante, come se avesse fiutato la bugia.

«Sarà il caso di dirlo al padrone», commentò infine. «Quegli animali sono come un carro lanciato a tutta velocità giù per una collina. Difficile fermarli. Impossibile catturarli.»

«Sul serio?»

«A meno che tu non sia un Comanche», rispose Virgil avviandosi verso l'uscita della stalla. «Quei selvaggi sarebbero in grado di domare il diavolo in persona.»

In effetti Robb non riusciva a immaginare come un uomo, un uomo *normale*, potesse avere la meglio su uno di quei cavalli senza rimetterci la pelle. Ma i Comanche... stando a quello che diceva Virgil, avevano un rapporto speciale con i cavalli. Come se parlassero la stessa lingua. La lingua delle Grandi Pianure.

Robb trascorse la notte sveglio, rigirandosi nel letto senza prendere sonno. Continuava a pensare e ripensare a quello che era successo, ma era stato tutto così veloce – la comparsa improvvisa dei Mustang, le mani che lo avevano spinto via – che quasi non riusciva a mettere a fuoco i dettagli. Se chiudeva gli occhi, però, poteva sentire di nuovo il calore sprigionato da quelle decine di corpi in movimento e il suono cadenzato degli zoccoli sul terreno. *Tu-tum, tu-tum, tu-tum.*

Del suo soccorritore non era in grado di ricordare nulla e in certi momenti aveva il dubbio che a salvarlo non fosse stata una persona in carne e ossa, perché era stata troppo rapida. Troppo silenziosa. Come un serpente.

E quella piuma, allora?

Anche se non aveva granché voglia di trovarsi faccia a faccia con zio Richard, non appena Robb sentì i rumori della casa che si animava per la colazione, scese dal letto, si diede una lavata sommaria (molto sommaria) e si infilò gli abiti del giorno prima. Sapeva che zia Adele non avrebbe apprezzato la sua tenuta dimessa. Si era vestito male proprio per infastidirla.

Uscì dalla sua stanza e attraversò il pianerottolo del primo piano. La porta della camera di Susan era socchiusa e Robb diede una sbirciata all'interno. La zia, vestita e acconciata di tutto punto, la stava pettinando. La sorella era seduta sul letto e fissava il vuoto.

Irritato, Robb scese le scale di corsa ed entrò in sala da pranzo. Zio Richard era già seduto a capotavola, gli occhiali sulla punta del naso e il giornale in mano. Rachel gli stava versando il caffè.

«Va bene così, padrone?»

«Sì, Rachel, vai pure.»

La schiava uscì dalla sala, non prima di aver rivolto un sorriso di incoraggiamento a Robb. Poco ma sicuro, la discussione tra zio e nipote della sera prima aveva già fatto il giro dell'intera piantagione.

«'giorno», bofonchiò Robb sedendosi.

Zio Richard alzò appena gli occhi dal giornale. «Buongiorno.»

Robb allungò una mano per prendere il pane caldo. Non vedeva l'ora di affondarci i denti. La notte insonne gli aveva messo una gran fame addosso, ma quando guardò il cestino delle marmellate capì che a qualcuno il suo comportamento della sera prima non era affatto piaciuto. Mami Bo sapeva benissimo che Robb detestava la marmellata di arance, con quelle sgradevoli scorzette candite che si incollavano sotto i denti condannandoti al loro sapore amarognolo per l'intera giornata.

Quella mattina a tavola c'era solo marmellata di arance.

Robb si rassegnò a mangiare il pane così com'era e bevve qualche sorso di caffè senza guardare lo zio. Una parte di lui, molto piccola per la verità, sapeva che avrebbe dovuto scusarsi per il modo in cui si era rivolto a lui e alla zia la sera prima. In fondo, volevano solo proteggerlo. Ma l'altra parte, quella che stava avendo la meglio, era ancora furiosa e smaniava per affermare la propria indipendenza e il proprio valore.

Dopo qualche minuto, Virgil comparve sulla soglia della porta di servizio. «Il calesse è pronto, padrone.»

Zio Richard annuì. «Hai portato la mia lettera alla piantagione Musson?»

«Sì, padrone», rispose Virgil. «Questa mattina all'alba.»

Zio Richard alzò le sopracciglia con aria interrogativa.

«Nessuna risposta», specificò Virgil.

Zio Richard si schiarì la voce e annuì. «Capisco. Partiamo non appena scendono le signore.»

«Dove andate?», si lasciò sfuggire Robb.

«In città», rispose lo zio. «Tua zia vuole fare un nuovo guardaroba a Susan.»

«Ah.»

Zio Richard continuò a leggere il giornale per alcuni minuti, prima di rivolgersi a Virgil, ancora in piedi sulla soglia.

«Quanti hai detto che erano i Mustang che hai visto?»

«Un centinaio, padrone», rispose lo schiavo. «Forse di più.»

«Mi sembra molto strano. Non è la loro zona, questa.»

Robb e Virgil si scambiarono uno sguardo d'intesa. La sera prima avevano deciso che sarebbe stato lo schiavo a raccontare della mandria di Mustang, dato che a Robb era stato proibito di lasciare la piantagione. Non che Virgil avesse il permesso di andarsene dove voleva – soprattutto dopo la faccenda del fucile –, ma il vecchio schiavo si era guadagnato una certa libertà agli occhi del padrone, dopo tutti quegli anni di fedele servizio.

«Ne sono certo, padrone. Li ho visti con i miei occhi», insistette Virgil.

«Mi chiedo cosa succederà se dovessero attraversare qualche pascolo», mormorò zio Richard pensieroso. «Sarebbe il caso di...»

Prima che potesse completare la frase, zia Adele e Susan entrarono in sala da pranzo. Indossavano entrambe gli abiti per la città con i cappellini abbinati, i guanti e le borsette appese al polso.

Zio Richard piegò il giornale e si alzò. «Andiamo.»

«Sì, caro», rispose zia Adele.

Robb alzò la mano per salutare e la zia gli rivolse un breve sorriso, prima di scomparire verso l'ingresso seguita da Susan.

Virgil guardò Robb. «Ci vediamo più tardi, ragazzo.»

Lui annuì, per nulla entusiasta all'idea di trascorrere la giornata rinchiuso nella piantagione. Forse, dato che zio Richard non c'era, avrebbe potuto...

«Non ci pensare nemmeno. Se lo scopre passerai un mare di guai», disse lo schiavo, come se gli avesse letto nella mente. «Fa' il bravo per un paio di giorni e vedrai che ti lascerà libero di andare dove vuoi.»

Robb annuì, per nulla convinto.

La mattina fu a dir poco noiosa e Robb si trascinò in qualche modo all'ora di pranzo, sicuro che non sarebbe riuscito a sopravvivere un giorno di più in quelle condizioni. Che poi, non era certo la prima volta che trascorreva un'intera giornata chiuso in casa, ma allora era stata una sua libera scelta. Adesso, invece, era un obbligo, una costrizione imposta da altri. Ed era semplicemente insopportabile.

«*Ossignoresantissimo*, ragazzo! Che muso lungo!», esclamò Mami Bo quando lo vide entrare in cucina.

«Mi annoio», rispose Robb sedendosi al vecchio tavolo di legno su cui la schiava impastava il pane mattina e sera.

«È quello che ti meriti. Parlare in quel modo alla padrona... dovresti vergognarti.»

«Guarda che hanno iniziato loro.»

Mami Bo afferrò un piatto con un pezzo di pollo freddo e qualche carota lessa e glielo piazzò davanti alla faccia.

«Buon appetito.»

E con questo, la schiava uscì dalla cucina sbattendo la porta-zanzariera e scendendo i gradini del portico sul retro a passi pesanti.

Robb guardò sconsolato il frugale pasto e iniziò a mangiare svogliatamente. Era arrivato quasi a metà del pollo quando sentì i puledri nitrire nel recinto.

Poco interessato, lanciò un rapido sguardo oltre la finestra della cucina. Dapprincipio non vide nulla, solo i cavalli che trottavano sbattendo gli zoccoli a terra con aria nervosa. Pensò a un serpente. Solo la settimana prima Virgil ne aveva ammazzati due lunghi quanto pertiche.

Poi, appena prima di riprendere a mangiare, la vide. Una sagoma distesa a terra: abiti color sabbia e lunghi capelli neri simili a un'ombra.

Un indiano.

No. Non un indiano qualunque. *Un Comanche.*

Vuole rubare i nostri cavalli!, realizzò Robb scattando in piedi.

Corse di volata nello studio dello zio, prese il fucile che teneva nascosto sotto la scrivania, lo caricò e tornò in cucina. Attraverso la porta-zanzariera vide che il Comanche adesso era dentro il recinto, con le spalle rivolte verso di lui, acquattato tra le zampe dei cavalli e intento a trafficare con una corda.

Aprendo la porta senza fare rumore, Robb si appostò sui gradini e prese la mira. Il Comanche aveva legato una corda attorno al collo di uno dei puledri e stava per aprire il recinto. Se ci fosse riuscito, Robb non aveva dubbi, si sarebbe dileguato con il cavallo in una nuvola di polvere. Caricò il colpo e seguì il Comanche con lo sguardo. Era sotto tiro.

Poi il Comanche si voltò. In quel momento Robb realizzò due cose. Il Comanche, in realtà, era *una* Comanche. *Una ragazza.* E tra i suoi folti capelli scuri luccicava qualcosa di familiare: una piuma bianca dalla punta dipinta di blu. Una piuma identica a quella di chi lo aveva salvato la notte prima dalla furia dei Mustang.

Senza quasi rendersene conto, abbassò il fucile.

«Virgil, fai bere i cavalli e poi va' a mangiare», arrivò in quel momento la voce di zio Richard, forte e chiara.

Sono già tornati!, sussultò Robb. Senza riflettere, scese i gradini del portico di corsa, si fermò al centro del cortile e sparò due colpi in aria.

La Comanche restò immobile per un istante, con gli occhi scuri puntati su Robb. Poi arricciò le labbra in uno strano sorriso, lasciò andare la corda legata attorno al puledro e strisciò sotto al recinto con la rapidità di una lucertola, dileguandosi tra la vegetazione.

Zio Richard e Virgil sopraggiunsero di corsa. «Robb, che succede?», chiese lo zio strappandogli il fucile di mano. «Che ci fai con questo?», lo incalzò mentre toglieva le munizioni.

«C'era qualcuno nel recinto», si affrettò a dire Robb. «Vedi, quel puledro ha una corda attorno al collo...»

«Maledetti ladri di cavalli», sbottò Virgil, dando subito man forte a Robb. «Ne sono spariti diversi anche alla piantagione Hogg, eh, padrone? Ne parlavano i suoi schiavi proprio l'altro giorno.»

Zio Richard scrutò l'orizzonte con aria pensierosa. Poi

guardò Robb. «Le armi non sono giocattoli. Avresti potuto colpire uno dei cavalli o uno schiavo.»

«Sono stato attento!», protestò Robb. «Non sono un bambino!»

Lo zio scosse la testa, esasperato. Passò il fucile scarico a Virgil. «Va' a rimetterlo a posto. Poi prendi il carro e torna in città. Di' allo sceriffo che ho bisogno di due nuovi sorveglianti. Gente decente, niente straccioni esaltati, ma dal polso fermo. Prima però va' da Mami Bo e dille di ripulire il vecchio granaio e sistemare due letti. Dormiranno lì.»

Virgil si accigliò e Robb capì subito cosa stava pensando. Tre sorveglianti invece di uno non potevano che essere una cattiva notizia per gli schiavi.

Ma i pensieri di qualcuno che poteva essere venduto al mercato come un pollo o una mucca non avevano alcun valore.

Così, Virgil chinò il capo, strinse le labbra e annuì.

«Sì, padrone.»

A metà pomeriggio, mentre Robb pensava e ripensava a quel fugace incontro con la Comanche, uno dei ragazzi Rodney si presentò alla piantagione. Era il maggiore, Banastre, di diciotto anni, mingherlino come il resto dei suoi familiari ma con muscoli tesi come corde per via del lavoro nei campi. Arrivò alla guida di un carro sgangherato trainato da un vecchio asino bruno. Risalì il viale lentamente fino alla grande casa, fermandosi ai piedi del portico.

Robb, che stava rientrando dalle stalle, fu il primo a vederlo.

«Ah, eccoti qui, mezzatacca», lo salutò Banastre sputando a terra. «Tuo zio c'è? Devo parlargli.»

«È nel suo studio», rispose Robb salendo i gradini.

«Ecco, allora fa' il bravo e vallo a chiamare.»

Se solo avessi il mio arco con me, pensò Robb aprendo la porta con rabbia. *Altro che mezzatacca...*

Nell'ingresso incrociò Rachel e decise di approfittarne. Meno vedeva lo zio, meglio era. «Puoi dire allo zio che fuori c'è uno dei Rodney?»

«Certo», rispose la schiava.

Robb tirò dritto fino in cucina. Mami Bo era troppo impegnata a spennellare un pollo con uno dei suoi intrugli unti e deliziosi per prestargli attenzione, così lui sgraffignò un paio di carote e uscì dal retro, domandandosi quanto a lungo sarebbe stato in grado di sopportare quella prigionia.

Come si può vivere così?, si chiese frustrato. *Senza avere la possibilità di scegliere cosa fare e dove andare?*

Si rifugiò nelle stalle e offrì una carota a Boy, che la sgranocchiò di gusto. Un attimo dopo Tango entrò scodinzolando.

«Per essere vecchio hai un bell'udito, eh?», commentò Robb dandogli l'altra carota. Il cane abbaiò entusiasta e poi si sdraiò a terra con il suo bottino tra i denti e la coda che batteva come un tamburo.

Tu-tum. Tu-tum. Tu-tum.

Robb chiuse gli occhi e per un attimo gli sembrò di trovarsi di nuovo al centro di quella distesa d'erba, con i Mustang che galoppavano indomiti verso di lui.

Tu-tum. Tu-tum. Tu-tum.

«Ragazzo, mi dispiace interrompere qualunque cosa tu stia facendo, ma ho una brutta notizia per te.»

Robb spalancò gli occhi e l'immagine dei Mustang si dissolse nell'aria pesante della stalla. Guardò Virgil, fermo sulla porta.

«Che notizia?»

«Stasera verranno i Rodney. Al gran completo.»

Robb sbuffò. «Cosa vogliono?»

«Questo non lo so ma, come aveva previsto tuo zio, i Mustang hanno danneggiato dei pascoli. Sfortuna ha voluto che fossero quelli dei Rodney.»

«Fortuna, vorrai dire», ridacchiò Robb. Poi restò in silenzio per un istante. «Quindi sono ancora in zona!», esclamò, colpito all'improvviso da quel pensiero. «I Mustang, intendo.»

«Sembra proprio di sì», commentò Virgil conducendo fuori dalla stalla il Purosangue.

«Dove va mio zio?», chiese Robb.

«Dagli Hogg. Organizza una riunione straordinaria per trovare una soluzione.»

«A cosa?»

«Ai Mustang, no? Hanno rovinato i pascoli dei Rodney e presto potrebbe toccare ad altri.»

Robb seguì Virgil fuori dalla stalla con Tango alle calcagna.

«Ma quale potrebbe essere la soluzione?»

«Una che a voi bianchi viene molto bene», mormorò lo schiavo.

Prima che Robb potesse chiedergli cosa volesse dire, zio Richard uscì di casa e chiamò a gran voce lo schiavo.

«Virgil, sbrigati con quel cavallo! Sono di fretta!»

Robb rallentò il passo, per nulla desideroso di imbattersi nello zio. Lo guardò montare in sella e partire al galoppo verso la piantagione degli Hogg, con le parole di Virgil che gli ronzavano nella testa.

CAPITOLO 5

Anche se la riunione era stata organizzata all'ultimo, quella sera si presentarono alla piantagione di zio Richard quasi tutti i fattori della zona. Robb, appollaiato sul dondolo, li vide arrivare uno dopo l'altro, alcuni in sella ai loro cavalli, altri comodamente seduti su un carro condotto da uno schiavo.

I Rodney giunsero per primi e si rintanarono subito nel fienile, dove lo zio aveva fatto sistemare una lunga tavola di legno su due cavalletti. Mami Bo e Rachel avevano poi portato bicchieri e bottiglie di liquore in abbondanza.

Normalmente Robb se la sarebbe filata per evitare di incappare nei ragazzi Rodney – l'incontro con Banastre di qualche ora prima era stato più che sufficiente –, ma dato che l'argomento di quella sera era la mandria di Mustang che per poco non lo aveva travolto, decise di restare nei paraggi del fienile a origliare.

In verità i toni iniziarono a scaldarsi già dopo pochi minuti, così Robb riuscì a sentire tutto senza bisogno di sforzarsi. In buona sostanza, i Rodney volevano a tutti i costi togliere di mezzo i Mustang, mentre la maggior parte dei fattori era contraria a quella soluzione, anche perché nessuno aveva idea di come fare.

«Si spostano di continuo e corrono come il vento», disse il signor Hogg, il più ricco proprietario di piantagioni dopo lo zio Richard. «Oggi sono qui e domani potrebbero essere in Messico. Sarebbe una perdita di tempo, energie e denaro.»

«E a me chi me li risarcisce i pascoli rovinati?», sbottò il fattore Rodney.

«Suvvia, signor Rodney», intervenne il signor Caldwell. «Qui tutti subiamo delle perdite, di tanto in tanto. Un raccolto andato a male, piogge troppo abbondanti, parassiti inaspettati... È l'incertezza del nostro lavoro, lo sa anche lei.»

«Al diavolo l'incertezza del lavoro, io con quei pascoli ci campo!», ribatté Rodney infuriato.

«Qui tutti viviamo del nostro lavoro, signor Rodney», intervenne zio Richard. «E tutti comprendiamo bene cosa significhi ritrovarsi con un terreno rovinato. Ma, onestamente, non vedo una soluzione.»

I fattori iniziarono a parlottare fra di loro, ma a voce abbastanza alta perché Robb continuasse a sentire.

«Non è detto che passino di nuovo da qui...»

«Troppe piantagioni, devieranno verso nord, verso la zona degli indiani...»

«Se pensate a quanto valgono, poi...»

«Ci sarebbe da farci un mucchio di quattrini tra due settimane, alla fiera dei cavalli in città. Ma tanto sono impossibili da catturare. Figuriamoci da domare!»

«Ah, eccoti qui, mezzatacca. Ti stavamo cercando.»

Robb riconobbe immediatamente la voce alle sue spalle. Era quella di Banastre. E le risate sghignazzanti che la accompagnavano appartenevano ai suoi fratelli, Benedict e Boyle.

Robb si girò. Eccoli lì, i tre Rodney, i vestiti trasandati, i capelli unti e la solita fiaschetta di latta che si passavano di mano in mano, tirando un sorso a testa.

«Che fai qua fuori tutto solo? Come mai non sei attaccato alle gonne della zietta?», lo apostrofò Boyle. In un altro mondo lui e Robb avrebbero potuto essere amici, dato che avevano la stessa età. Ma Boyle Rodney era senza dubbio il più selvatico, spietato e rissoso dei tre fratelli e Robb aveva sempre accuratamente evitato di trovarsi da solo con lui.

«Come, non lo sai?», gli diede di gomito Benedict. «Il nostro Robb ha messo in fuga un ladro di cavalli, oggi. Con un fucile.»

«Figuriamoci, sarà stato scarico», ribatté Boyle.

I tre Rodney iniziarono a sghignazzare. Poi Boyle diede uno spintone a Robb.

«Ehi!», esclamò lui di riflesso. «Tieni giù quelle mani, pezzente!»

L'espressione di Boyle mutò. Il ghigno canzonatorio lasciò spazio allo sguardo di un rapace che non vedeva l'ora di colpire.

«Pezzente? È questo che sono per te?», esclamò afferrando Robb per la camicia. «Eh, ragazzino ricco? Lo vuoi vedere come te le suona adesso questo pezzente?» L'alito di Boyle puzzava di rancido e aveva gli occhi rossi di alcol.

«Lasciami!», esclamò Robb afferrandogli il braccio. «Lasciami subito!»

Boyle strinse più forte e con l'altra mano gli tirò uno schiaffo. «Sentite come strilla! Peggio di una donna!»

«Va tutto bene, padrone?»

Robb si girò (per quanto poteva, dato che Boyle continuava a tenerlo per il collo della camicia) e vide Aimery, lì in piedi a pochi metri – più alto di tutti loro e molto, molto più grosso – con una mano stretta intorno al martello da lavoro e l'altra chiusa a pugno.

Boyle, dopo una breve esitazione, lasciò andare Robb.

«Che vuoi, schiavo? Non vedi che stiamo parlando tra gentiluomini?»

Aimery ignorò la domanda di Boyle e tenne lo sguardo su Robb. «Va tutto bene, padrone?»

«Sì, Aimery, grazie», borbottò lui lisciandosi la camicia.

Aimery si avvicinò al quartetto, la mano ben salda attorno all'impugnatura del grosso martello. Passò in rassegna i tre fratelli – un avvertimento silenzioso, che i Rodney più piccoli non colsero, ma che a Banastre arrivò chiaramente.

«Aspetta che ti becchiamo in giro da solo, negro», disse sputando a terra, «e senza quel martello. Vedrai come te la facciamo pagare, arrogante bastardo».

Aimery tenne lo sguardo su Banastre senza dire una parola.

«Ma chi ti credi di essere?», esplose lui, sentendosi sfidato. «Guarda che se mi gira ti faccio frustare fino a farti staccare la pelle!»

Aimery restò impassibile. «Sì, signore.»

Banastre imprecò e balzò verso Aimery con un pugno alzato, ma in quel momento la porta del fienile si spalancò e il fattore Rodney uscì come una furia, imprecando nello stesso identico modo del figlio.

«Maledetti... la fanno facile loro... che gliene frega, sono ricchi...» Poi si bloccò e squadrò i figli. «Che diavolo state facendo voi tre qui? Sempre a perdere tempo! Siete dei buoni a nulla!»

L'uomo, poi, rivolse un'occhiata torva ad Aimery. «Negro, abbassa lo sguardo.»

Robb esplose. «Non potete dargli ordini! È il mio schiavo, non il vostro!»

Il fattore Rodney schioccò la lingua. «Poco ma sicuro, ragazzino.» Si rivolse ai figli. «Voialtri, muovetevi.»

I Rodney si allontanarono, iniziando a discutere fra di loro tra insulti e bestemmie. Quando furono scomparsi oltre la grande casa, Robb guardò Aimery.

«Grazie.»

«Non devi ringraziarmi, padrone. Sono il tuo schiavo, lo hai appena detto.»

«Oh, non intendevo... Lo sai che non... Insomma...»

Senza aspettare che Robb trovasse le parole per spiegarsi, Aimery si incamminò verso la fucina.

In un'altra situazione, Robb avrebbe inseguito il suo vecchio amico per cercare di sistemare le cose. Ma, adesso che la tensione per la baruffa con i Rodney si era dissolta, si sentiva pieno di entusiasmo per l'idea avuta.

Lo avevano detto chiaramente, nel fienile. I Mustang valevano un bel po' di denaro. E da lì a poco ci sarebbe stata una grossa fiera di cavalli in città. Tutto quello che Robb doveva fare era catturarne uno e venderlo. Poi, con le tasche gonfie di soldi, sarebbe partito per la California. E avrebbe dimostrato a tutti quello che sapeva fare.

CAPITOLO 6

Nonostante il caso del fucile non fosse ancora stato risolto, due sere più tardi zio Richard diede il permesso agli schiavi di festeggiare il compleanno di Mami Bo con un falò, canti e balli. La festa iniziò subito dopo la cena dei padroni, quando ormai la tavola era stata sparecchiata e i piatti lavati.

Quando Robb arrivò nel quartiere degli schiavi, il fuoco era stato acceso e le pannocchie spalmate di burro stavano già arrostendo. Virgil, seduto su una sedia, suonava un banjo a sei corde mentre Mallory lo accompagnava percuotendo un vecchio tamburo. Gli schiavi ballavano e cantavano battendo le mani un po' in inglese un po' in una lingua che Robb non conosceva.

«Buon compleanno, Mami Bo», disse Robb consegnando alla schiava il suo regalo. Non era granché, un pettinino di legno che aveva intagliato personalmente (e nemmeno troppo bene), ma la donna sembrò apprezzare tantissimo il pensiero.

«Grazie, ragazzo», rispose scompigliandogli i capelli in

una rara manifestazione di affetto. «Adesso va' a prenderti una pannocchia.»

Robb stava per farlo, quando notò Aimery allontanarsi dalla festa. Incuriosito dal suo atteggiamento furtivo, lo seguì.

Vide lo schiavo raggiungere i confini della piantagione e, dopo essersi guardato attorno, scavalcare la staccionata, addentrandosi nella vegetazione.

Ma dove sta andando?, si chiese Robb. Restò fermo dov'era per un istante, indeciso. Poi superò la staccionata e continuò a seguire Aimery senza fare rumore. Lo schiavo camminava a passo spedito, come se avesse fretta, puntando dritto verso...

Il Rifugio!, realizzò Robb. Un tempo lui e Aimery trascorrevano ore insieme sotto la capanna di rami a fantasticare sugli indiani, ma dall'Incidente il giovane schiavo non ci aveva più messo piede.

O almeno così Robb credeva.

Aimery schivò abilmente alcune trappole piazzate da Robb, poi si fermò davanti al tronco cavo, chinandosi per estrarre qualcosa dal suo interno. Era un lungo oggetto avvolto in un panno legato con una corda, tanto che Robb non riuscì a capire di cosa si trattasse.

Quando l'ha messo lì dentro?, si domandò. L'idea che Aimery frequentasse di nascosto il Rifugio gli sembrava incredibile. Non si era mai accorto di nulla!

Robb era certo che Aimery, dopo aver recuperato l'oggetto misterioso, sarebbe tornato alla piantagione. Invece lo schiavo puntò nella direzione opposta.

E adesso cosa fa?, si chiese Robb. *Uno schiavo non dovrebbe andarsene in giro di notte senza lasciapassare!*

Non poteva fare altro che continuare a seguirlo.

Almeno si tiene alla larga dai sentieri per evitare le pattuglie, pensò, guardandosi attorno preoccupato.

Aimery proseguì per una decina di minuti e si fermò non molto lontano dal punto in cui Robb era stato quasi travolto dalla mandria di Mustang. Si sedette su un masso scuro che spuntava dall'erba come una tartaruga gibbosa e fischiò.

Una sagoma emerse da una macchia di cespugli. Nonostante l'oscurità, Robb capì subito che la persona con cui si era dato appuntamento Aimery non era uno schiavo. Tantomeno un bianco. No, era qualcuno di completamente diverso. Qualcuno con lunghi capelli neri e una piuma in testa.

Perché Aimery si incontra con un indiano?, si domandò. Poi l'indiano disse qualcosa e Robb capì che non era un ragazzo come aveva pensato all'inizio, ma una ragazza.

«Vuoi vedere che...», mormorò sporgendosi dal suo nascondiglio. «È lei!», esclamò, prima di premersi le mani contro la bocca e acquattarsi tra i cespugli, pregando che non l'avessero sentito.

Ma i due sembravano non essersi accorti di lui, perché iniziarono a parlottare fra di loro. Passato lo spavento, Robb tese le orecchie, stupendosi nuovamente quando realizzò che la lingua con cui Aimery e l'indiana stavano comunicando era lo spagnolo.

Da quando Aimery parla spagnolo?

Con cautela, Robb si alzò da terra per dare una sbirciata a quello che stava succedendo. Aimery e l'indiana stavano ancora parlottando fra loro. Poi Aimery le consegnò l'oggetto recuperato dal tronco cavo del Rifugio. La ragazza lo prese, rimuovendo corda e stoffa.

Robb spalancò gli occhi. *Il fucile! È stato Aimery a rubarlo! E ha lasciato che zio Richard perquisisse le baracche di tutti e imponesse il coprifuoco senza dire una parola!*

La Comanche sembrò ringraziare Aimery e diede allo schiavo qualcosa in cambio.

Un foglio?, si chiese Robb allungando il collo oltre il tronco. *No, sembra... Sì, è proprio un foglio... Ma cosa se ne fa Aimery?*

Qualunque fosse la risposta, per Aimery quel pezzo di carta sembrava preziosissimo. Lo piegò con gesti ansiosi, nascondendolo in fretta sotto la camicia. Poi disse qualcosa alla Comanche, che rispose con foga, gesticolando concitata verso sud.

In quel momento Aimery si voltò e per un attimo Robb pensò che lo avrebbe visto, perché sembrava che stesse guardando proprio verso di lui. Invece lo schiavo fece un vago gesto con la mano in direzione della piantagione. La ragazza mosse un passo in avanti e la luna illuminò il suo volto.

Adesso Robb non aveva più dubbi: l'indiana con cui si era incontrato Aimery di nascosto era la stessa indiana che aveva cercato di rubare il cavallo alla piantagione pochi giorni prima.

E la stessa indiana che gli aveva salvato la vita.

A quanto pareva, nessuno si era accorto dell'assenza di Aimery e Robb alla festa di Mami Bo. Quando i due ragazzi rientrarono alla piantagione, a pochi minuti di distanza l'uno dall'altro, canti e balli erano ancora in pieno vigore. Robb si mescolò alla folla di schiavi, senza perdere di vista Aimery. Lo vide scambiare due parole con Rachel per poi andare dalla madre e dal padre. Li salutò, ma a Robb non sembrò che stesse dicendo loro dell'incontro con la Comanche o dello scambio avvenuto.

Non lo sanno, capì. *I suoi genitori non sanno nulla.*

Aimery baciò la madre sulla fronte e si incamminò verso il quartiere degli schiavi.

Robb gli diede qualche secondo di vantaggio prima di seguirlo. Anche se l'idea di affrontarlo lo metteva a disagio, voleva scoprire a tutti i costi cosa stava tramando con la Comanche. Il fatto che le avesse consegnato il fucile rubato allo zio Richard era piuttosto grave e rendeva Robb nervoso. Che un gruppo di Comanche stesse pianificando di attaccare la piantagione e rubare tutti i cavalli? Ma perché Aimery avrebbe dovuto aiutarli? Per l'Incidente, forse? Per vendicarsi di lui?

«Aimery!», chiamò Robb quando lo schiavo si trovava all'altezza della fucina.

Il ragazzo si fermò di colpo, ma si voltò lentamente. «Hai bisogno di me, padrone?», domandò circospetto.

«Smettila di chiamarmi padrone», sbottò Robb quando si trovò davanti a lui. «Non sono il tuo padrone.»

«Se lo dici tu», replicò Aimery. «Cosa c'è?»

«Be'», iniziò Robb impacciato, perché ammettere di averlo seguito (e quindi spiato) non era facile. «Ti ho visto con la Comanche», disse in fretta. «Tu le hai dato il fucile di zio Richard e lei ti ha dato un foglio. Perché? Cosa state combinando? Voglio saperlo.»

Aimery si accigliò. «Mi hai seguito.»

«Sì.»

«Non ne avevi il diritto.»

«Non ne avevo...?», boccheggiò Robb. «Stai scherzando, spero! Ne avevo il diritto eccome!»

«Perché sono il tuo schiavo?»

«No! Perché lo sai che se ti beccano le ronde senza permesso possono ammazzarti!»

«Certo che lo so. La settimana scorsa hanno sparato a uno della piantagione qui di fianco, la Buchanan. Solo perché ha tirato fuori il lasciapassare troppo in fretta. Aveva tre figli.»

«Davvero? Io...» Robb non sapeva cosa dire. A lui certe cose non le raccontava nessuno. «Sì, ma non è questo il punto», riprese poi. «Il punto è che hai rubato il fucile dello zio Richard!», sussurrò.

«Denunciami.»

«Ma io non ti voglio denunciare!»

«E allora cosa vuoi?»

«La verità!»

Aimery rise. «Figuriamoci. A voi padroni la verità non interessa. Ve la fabbricate da soli e la vendete agli altri come se fosse l'unica possibile.»

«Senti, dimmi cos'è quel pezzo di carta», sbottò Robb. Ne vedeva spuntare un angolino dalla camicia piena di buchi di Aimery.

Lo schiavo si irrigidì. «No», rispose, e Robb non aveva alcun dubbio che avrebbe usato la forza, se necessario, per impedirgli di prenderlo.

«Perché?»

Aimery scosse la testa. «Non posso dirtelo.»

«Ma noi eravamo... no, *siamo* amici.»

Aimery sorrise con amarezza. «Gli amici non si vendono, comprano o», sollevò una mano per toccare la cicatrice che gli tagliava una guancia a metà, «frustano».

Il ragazzo si voltò e riprese a camminare spedito verso il quartiere degli schiavi.

Robb restò fermo dov'era. Le parole di Aimery bruciavano e lo facevano sentire stupido, impotente e in colpa. Sconfitto, iniziò a indietreggiare.

Non questa volta, pensò poi. *Questa volta non lascerò perdere.*

«Aimery, fermati!» Lo raggiunse, sbarrandogli la strada. Senza dargli il tempo di reagire, gli strappò di dosso il foglio di carta e lo aprì.

«No!», esclamò Aimery riprendendolo. Ma ormai era tardi. Robb aveva visto. Anzi, letto.

Caro fratello.

«È di Abel... Ti scrivi con lui!»

«*Sssh*, vuoi dirlo a tutti?», sibilò Aimery.

«Ma zio Richard ha proibito a voi schiavi...»

«... di imparare a leggere e scrivere, sì», concluse Aimery con una smorfia.

«Per il vostro bene», si affrettò a giustificarlo Robb. «A molti bianchi i neri istruiti fanno paura...»

«Ma ti senti?», esclamò Aimery ridendo. «Credi davvero a quello che dici? Tuo zio non ci fa imparare l'alfabeto per proteggere *noi*? Ma come puoi essere così ingenuo?»

«Io non sono ingenuo...»

«Sì che lo sei.»

«No, non è vero!»

«È tutto a posto laggiù?»

La voce del sorvegliante Zachary li sorprese alle spalle. Gli occhi di Robb corsero alla lettera di Abel che Aimery stringeva in mano, così impietosamente visibile sotto la luce delle lampade esterne della grande casa.

«Sì, certo», rispose Robb senza voltarsi. Aimery, di fronte a lui, non osava muoversi.

«Cos'è quella roba?»

Anche senza guardarlo, Robb sapeva che il sorvegliante stava indicando la lettera.

Se la vede, sarà la fine per Aimery e la sua famiglia, pensò. *Non solo ha nascosto a tutti che sa leggere, ma ha rubato il fucile di zio Richard e, come se non bastasse, sa dove si nasconde suo fratello...*

Zio Richard non avrebbe avuto altra scelta che denunciare Aimery allo sceriffo e poi liberarsi di tutta la sua famiglia, vendendola.

Robb strappò la lettera dalla mano di Aimery. «Ah, nulla. Cartaccia per le uova. Servono per domani mattina, me l'ha detto Mami Bo. Ma dato che è la sua festa, ho pensato di andare a raccoglierle io e ho chiesto ad Aimery di aiutarmi.» Robb appallottolò il foglio e se lo ficcò in tasca, poi fece un cenno sbrigativo allo schiavo. «Su, forza. Prima prendiamo quelle uova, prima ce ne andiamo a dormire. Buonanotte, signor Zachary.»

Robb si incamminò deciso verso il pollaio, seguito da Aimery. Fu solo quando si trovarono dietro la grande casa, e quindi fuori della vista del sorvegliante, che Robb osò fermarsi e guardarsi alle spalle.

«Ci è mancato poco.»

Infilò una mano in tasca e restituì la lettera ad Aimery.

«È stropicciata. Mi dispiace.»

«Non importa.»

«Allora, adesso me la vuoi dire la verità?»

Aimery sospirò. In qualche modo, quello che era appena successo sembrava avergli fatto cambiare idea. «Sì. Ma troviamo un posto tranquillo dove parlare.»

Andarono a rifugiarsi dentro la stalla dei bovini, che dopo l'arrivo del Longhorn nessuno aveva una gran voglia di frequentare. L'enorme animale era disteso a terra e non appena Robb e Aimery entrarono alzò la testa ed emise un mugghio.

«Va tutto bene, bello. Sta' giù.»

I due ragazzi andarono a sedersi su un mucchio di paglia sotto la grande finestra quadrata. Poi Aimery iniziò a raccontare.

«Dopo essere scappato, Abel ha trovato rifugio in una tribù di Comanche. Non è l'unico, ci sono altri due schiavi fuggiti nei mesi passati. Uno dalla piantagione Caldwell e un altro dalla Hogg.»

«Zio Richard ne ha parlato con lo sceriffo l'ultima volta in cui è venuto qui a cena», mormorò Robb.

Aimery annuì. «Abel è con loro ormai da sei mesi, ma stanno per spostarsi e lui ha deciso di tentare di raggiungere il Messico...»

«Aspetta, aspetta», lo fermò Robb. «E l'indiana con cui ti ho visto? Cosa c'entra?»

«Si chiama Ako. È stata lei a trovare Abel dopo la fuga. Era ridotto male, camminava da giorni e non aveva mangiato né bevuto nulla. L'ha caricato sul suo cavallo e l'ha portato dalla sua vecchia tribù.»

«La sua vecchia tribù?»

Aimery annuì. «Già. Non vive più con loro. Se ne sta da sola.»

«Una ragazza da sola là fuori?», chiese Robb incredulo. «Ma come fa a cavarsela?»

«Da quel che ho visto, benissimo.»

Robb non replicò, anche se l'idea di una ragazza che viveva da sola in mezzo alla prateria gli sembrava assurda. Da quelle parti le sue coetanee avevano una sola idea in testa: trovare un buon partito e sposarsi. Ma aveva ancora tante domande per Aimery, così decise di mettere da parte la questione. Almeno per il momento.

«Come vi siete conosciuti?»

«L'ha mandata Abel da me qualche settimana fa. Ricordi quando siete andati tutti dagli Hogg per il compleanno di tuo zio?»

«Difficile dimenticare quanto mi sono annoiato.»

«Con meno occhi in giro, per Ako è stato facilissimo sgattaiolare fino alla fucina. È come se danzasse nel vento. Segue la natura, si muove quando gli uccelli sbattono le ali, in modo da coprire il rumore dei suoi passi. Striscia nella polvere insieme ai serpenti, così da confondersi con i loro movimenti. Quando me la sono trovata lì sulla porta, piantata a gambe larghe e armata di ascia, ho pensato che volesse uccidermi. Sì, anche se è una ragazza, esatto», precisò Aimery davanti all'espressione scettica di Robb. «Invece mi ha consegnato una lettera di Abel. Fa da tramite, insomma. Ma vuole essere pagata, e bene. Per questo ho dovuto rubare quel fucile.»

«E comunicate in spagnolo?»

«Sì.»

«Non sapevo lo parlassi.»

«Me l'ha insegnato Virgil da bambino, a patto di non raccontarlo a nessuno. Io ho ubbidito. Di solito, quando Virgil dice una cosa è meglio dargli ascolto.»

«Altroché», commentò Robb. «E perché l'indiana lo parla?»

«Per via di tutti i traffici in Messico. I Comanche non

attaccano solo lungo il confine uccidendo e rubando come piace blaterare a Mami Bo. Commerciano cavalli, soprattutto.»

Solo in quel momento Robb si ricordò di dire ad Aimery dei Mustang. «Mi ha salvato la vita. La mandria di Mustang di cui tutti parlano, sono stato io a vederla, non Virgil. E Ako era lì. Mi ha spinto via. Non sarei qui se non fosse per lei.»

«E lei non sarebbe viva se tu non l'avessi avvertita con quel colpo di fucile, l'altro giorno.»

«Te l'ha raccontato?»

Aimery annuì. «Ha detto che non sei male, per essere un bianco.»

«Be', grazie. Almeno credo.»

Aimery alzò lo sguardo verso la finestra. La luna si intravedeva oltre i rami degli alberi che circondavano la stalla. «Non è tutto.»

Robb restò in attesa. Qualunque cosa stesse per dirgli Aimery, era certo che avrebbe cambiato per sempre le cose.

«Voglio andare in Messico con Abel.»

«Vuoi scappare?»

«Sì.»

«Ma potrebbero catturarvi.»

«Sì.»

«E uccidervi.»

«Sì.»

«Non hai paura?»

Aimery distolse lo sguardo dalla luna e fissò Robb negli

occhi. «A messa i vostri preti dicono che la schiavitù è un volere di Dio. Allora perché la Dichiarazione d'Indipendenza dice una cosa diversa?»

Robb restò in silenzio. Non solo Aimery sapeva leggere, scrivere e parlare spagnolo, ma, in qualche modo, era riuscito a mettere gli occhi sulla copia della Dichiarazione che zio Richard aveva appeso nel suo studio.

«*Noi riteniamo che le seguenti verità siano di per se stesse evidenti; che tutti gli uomini sono stati creati uguali, che essi sono dotati dal loro Creatore di alcuni diritti inalienabili, che fra questi sono la Vita, la Libertà e la ricerca della Felicità*», citò Aimery. «Io, Abel, i miei genitori, Mami Bo, Rachel, Virgil e tutti gli altri schiavi non siamo uomini? Non abbiamo il diritto di essere liberi?»

Robb non aveva una risposta. Era cresciuto in quel mondo, gli schiavi facevano parte della sua realtà. Una realtà che non sarebbe stata generosa nei confronti di una coppia di fuggitivi dalla pelle nera.

«Non potete farcela, Aimery. Il Messico non è così vicino. Ed è pieno di pattuglie, là fuori.»

«Non ci prenderanno», gli assicurò Aimery alzandosi in piedi. «Perché andremo troppo veloci per qualunque pattuglia o sceriffo. Perché», aggiunse abbassando la voce, «noi non cavalcheremo cavalli qualunque. Noi cavalcheremo dei Mustang».

CAPITOLO 7

«Impossibile.»

«Impossibile?»

«È quello che ho detto.»

Robb aspettò qualche istante prima di tornare alla carica. Ma non appena aprì bocca, Aimery lo fermò: «Ako non accetterà mai di catturare un Mustang per te».

Il corno che segnava la fine della giornata di lavoro per gli schiavi era già stato suonato. Aimery, però, aveva una dozzina di ferri di cavallo che aspettavano di essere battuti. Il che significava che Robb aveva ancora un po' di tempo per cercare di convincerlo.

«Perché no?», chiese con aria candida.

Aimery lo guardò scuotendo la testa.

«Te l'ho già detto. Mi aiuta solo perché le ho dato quel fucile. Altrimenti non si sognerebbe mai di rischiare la pelle per me e per Abel. Hai idea di quanto siano mortali quelle bestie?»

«Posso pagarla.»

Aimery continuò a battere il ferro. «Ad Ako voi bianchi non piacete.»

«Perché?»

Aimery fermò il braccio e guardò Robb con le sopracciglia alzate. «Davvero non ti viene in mente nemmeno un motivo? Tipo invadere le loro terre e ucciderli?»

«Sono loro che uccidono noi e invadono le nostre terre!», protestò Robb.

Aimery scosse la testa e il martello tornò al lavoro. «Voi padroni vedete solo quello che volete vedere.»

Robb restò in silenzio, infastidito dalle parole di Aimery. Si era dimenticato quanto potesse essere schietto. Ma, a dire la verità, era uno dei motivi per cui erano diventati amici da piccoli. Un po', certo, perché era l'unico bambino della piantagione oltre a lui. Un po' perché Aimery non aveva mai avuto paura di dirgli come stavano le cose.

Soprattutto riguardo la sua famiglia.

«Va bene. Allora catturerò un Mustang da solo», borbottò Robb.

«Se desideri una morte dolorosa, fa' pure», ribatté Aimery.

«Hai un'idea migliore?», sbottò Robb. «Zio Richard mi tiene rinchiuso e non mi lascia fare nulla. O vendo uno di quei cavalli alla fiera o resterò bloccato qui per tutta la vita!»

«E sarebbe tanto male?», chiese Aimery immergendo il ferro nell'acqua fredda. Una nuvola di vapore si sollevò dal secchio e per un attimo lo schiavo scomparve dalla vista di Robb. «Quando morirà, tuo zio lascerà tutto a te. Sarai ricco, con un sacco di terra e un bel po' di schiavi a cui farla lavorare.»

«Questa non è casa mia. È tutto di mio zio, qui. Io sono un ospite.»

Aimery posò gli attrezzi e si asciugò le mani sudate sul grembiule da lavoro. «Tuo zio ti tratta piuttosto bene per essere solo un ospite.» Prese un nuovo ferro.

«Per favore, lascia che la incontri. Le posso spiegare come stanno le cose», lo pregò Robb.

«E come stanno?»

Robb sapeva che la risposta non sarebbe piaciuta ad Aimery, ma sapeva anche che l'unico modo di spuntarla con lui era dire la verità.

«Voglio dimostrare a mio padre quanto valgo.»

Aimery batté con forza il martello sul ferro. «E tuo padre, esattamente, quand'è che avrebbe dimostrato di valere qualcosa? Quando mi ha fatto questa?»

Robb aveva gli occhi bassi, ma sapeva che Aimery stava indicando la cicatrice sul viso. Non pensare all'Incidente, adesso, era impossibile. E all'improvviso gli sembrava di avere ancora dieci anni e di sentire l'alito acido del padre sul viso. La puzza di ascelle e quella di tabacco. E di vedere quegli occhi scuri iniettati di sangue, la barba ispida, la cicatrice a forma di croce sotto l'occhio... E di provare quel senso di vuoto allo stomaco, lì dove il pugno lo aveva colpito. E il bruciore sulla schiena, là dove la scarpa l'aveva schiacciata. E le sue suppliche e le sue lacrime. E la voce del padre che gridava: «Sii uomo, per Dio! Smettila di frignare come una donna!». E la sua mente che pensava: *Mi ammazza.*

Poi il padre aveva smesso di prendersela con lui e aveva

iniziato a inveire contro Aimery, che urlava a sua volta. Era stato quando lo schiavo aveva dato al padre di Robb dello "straccione bianco", che l'uomo aveva perso il controllo. Era spuntata una frusta e aveva iniziato a colpire Aimery a casaccio. Poi era sopraggiunto zio Richard, gridando al fratello di fermarsi. Appena prima che lo zio riuscisse a strappargli la frusta di mano, il padre di Robb aveva preso Aimery in pieno viso, ululando di soddisfazione, per poi tirare un ultimo rabbioso calcio in faccia a Robb, che aveva perso i sensi un attimo dopo. Quando si era svegliato nel suo letto, ore più tardi, i suoi genitori erano partiti per la California.

Non era nemmeno riuscito a dire addio a sua madre.

«Non puoi scegliere i tuoi genitori», disse Robb. «Mio padre è quello che è. Ma io ho bisogno di fargli vedere che valgo qualcosa. Che ha sbagliato a lasciarmi qui. Che avrei potuto fare grandi cose in California con lui.»

Aimery estrasse il ferro dall'acqua e lo gettò insieme agli altri. Poi si tolse il grembiule, appendendolo a un gancio.

«Va bene. Domani notte. Ci troviamo qui dopo l'ultima ronda dei sorveglianti.»

«Aimery… grazie!»

«Non è detto che Ako accetti di aiutarti. E se anche lo facesse, vorrà qualcosa in cambio.»

«Non importa, le darò tutto quello che chiede.»

Aimery rivolse a Robb uno sguardo pieno di disapprovazione, poi uscì dalla fucina.

Anche se le cose con gli zii andavano un po' meglio, la sera seguente, a cena, Robb fu attento a non irritarli per nessun motivo. Non appena zia Adele disse che avrebbe portato Susan a letto, lui si alzò e chiese il permesso di andare ad aiutare Virgil nelle stalle.

«Va' pure», rispose zio Richard.

Robb corse fuori passando dal retro. Il suo piano era aiutare Virgil a ripulire le stalle più in fretta del solito, in modo che il vecchio schiavo andasse a letto e non potesse scoprire cosa avevano in mente lui e Aimery. Poi sarebbe rimasto nascosto nelle stalle fino all'ultimo passaggio della ronda dei sorveglianti. Una volta certo che non ci fosse più nessuno in giro, si sarebbe incontrato con Aimery alla fucina.

Quella prima parte del piano andò come previsto, anche se a Robb venne quasi un colpo quando, certo che ci fosse via libera, per poco non si imbatté in Mami Bo, che si era attardata a preparare il pane per il giorno dopo.

Quando Robb si infilò nella fucina, Aimery era già lì ad aspettarlo, nascosto dietro un pilone di legno. Lo schiavo gli fece un cenno silenzioso e i due strisciarono fuori dall'edificio, sfruttando le ombre della notte. Raggiunsero il confine della piantagione e superarono la staccionata, evitando accuratamente i sentieri e tenendosi lontani dalle altre proprietà.

Robb era pieno di domande, ma sapeva che era più prudente non fare rumore. Continuava a chiedersi dove avrebbero incontrato Ako – nello stesso posto in cui l'aveva vista con Aimery o altrove? – e cosa lei gli avrebbe chiesto in cambio della cattura del Mustang. Soldi Robb non ne aveva, ma avrebbe potuto procurarle cibo, vestiti, oggetti di vario tipo... forse perfino un altro fucile, anche se dalla sparizione del precedente tutte le armi, sia quelle in casa dello zio sia quelle dei sorveglianti, di notte erano tenute sottochiave.

Dopo una ventina di minuti, Robb e Aimery sbucarono da una folta macchia di alberi e si ritrovarono a margine di un sentiero. Robb non era mai passato di lì, ma sapeva che quel lembo di terra si trovava in mezzo a due grandi piantagioni di canna da zucchero, quella dei Jordan e quella dei Brulay. L'odore dolciastro e bruciato era nauseante.

«Andiamo», sussurrò Aimery. «Ako ci aspetta proprio...»

Robb percepì subito il pericolo e afferrò Aimery per un braccio, strattonandolo a terra.

«Ma cosa...», iniziò lo schiavo.

Robb gli tappò la bocca con la mano e si gettò a terra accanto a lui. Il rumore, almeno per le sue orecchie, era inconfondibile: zoccoli di cavalli. Tre o quattro, a giudicare dal modo in cui la terra stava vibrando. Il numero ideale per una pattuglia.

«Resta giù», sussurrò ad Aimery. «Immobile.»

Un attimo dopo l'aria si riempì di grida e implorazioni.

«Immobile», ribadì Robb.

Tre uomini a cavallo spuntarono dal sentiero. Erano bianchi e ridevano sguaiati, passandosi una fiaschetta. Di tanto in tanto si guardavano alle spalle, sghignazzando ancora più forte.

Robb capì immediatamente quale fosse la fonte del loro divertimento e tenne giù la testa di Aimery con il gomito.

«Forza, negro, forza!», rise uno dei bianchi a cavallo, proprio mentre il corteo sfilava davanti agli occhi di Robb.

«Lo dovresti sapere, non si va in giro senza lasciapassare», aggiunse il secondo bianco, guardando lo schiavo che, con polsi e piedi legati, veniva trascinato da uno dei cavalli.

«Ma... io... ce l'ho... ce l'ho...», biascicò lo schiavo.

Robb lo vide per pochi istanti, ma il suo volto contorto dal dolore, gli occhi pesti e l'aria inerme lo avrebbero tormentato per i giorni a venire. Era vecchio, vecchio almeno quanto Virgil, un uomo in balìa dei suoi aguzzini, senza avere, né aver mai avuto, la possibilità di affrontarli ad armi pari. L'unica mano libera di Robb tastò frenetica a terra, alla ricerca di... di cosa? Un sasso? Un ramo? E cosa avrebbe risolto? Quell'uomo era già condannato.

«Che vuoi dire, schiavo, che siamo dei bugiardi?», esclamò il terzo bianco. «Lo sai cosa si fa ai bugiardi? Gli si taglia la lingua. Che dite, ragazzi, gliela tagliamo?»

«Nah», rispose il primo uomo, che forse era il capo. «Finisce che non ci danno nemmeno un soldo, poi. Stanno diventando dei rammolliti, 'sti signoroni ricchi. Tutto 'sto parlare di emancipazione e abolizione e tutte 'ste parolone hanno dato alla testa non solo ai negri. Finisce che adesso li liberano davvero, come su al Nord.»

La squadra di straccioni e lo schiavo prigioniero svanirono oltre la curva del sentiero. Robb non osò muoversi fin quando l'eco degli zoccoli non si dissolse nell'aria. Poi, lentamente, si mise a sedere.

Aimery restò sdraiato, con il volto schiacciato a terra e i pugni serrati.

«Aimery, se ne sono andati», disse Robb.

Il ragazzo sollevò la testa, le narici dilatate e gli occhi sbarrati.

«Ti sembra ancora così strano che voglia scappare?»

Robb non rispose e si alzò, sporgendosi dai cespugli per essere certo che il passaggio fosse davvero libero. Poi si voltò verso Aimery, ancora a terra, e gli tese la mano.

«Andiamo.»

Lo schiavo fissò la mano di Robb per un momento, poi la afferrò e si mise in piedi.

«Di là», borbottò. «Dobbiamo attraversare quel campo incolto e siamo arrivati.»

Per nulla desiderosi di imbattersi in altre ronde, Robb e Aimery si mossero con grande cautela, strisciando tra l'erba alta senza parlare.

Ako li stava aspettando dall'altra parte del campo, seduta sotto un grande albero di noci. Un cavallo dal manto biondo brucava pigramente poco distante.

Robb non aveva mai visto una ragazza Comanche così da vicino. A dire il vero, non aveva mai visto un indiano fino a pochi giorni prima, quando Ako aveva cercato di rubare uno dei puledri dello zio. Cercò di mascherare la sua curiosità, ma non poté fare a meno di fissarla. Aveva il volto ovale ma dagli zigomi spigolosi, occhi e sopracciglia scurissimi e quella notte portava i lunghi capelli neri raccolti in due trecce che, da seduta, toccavano terra. In cima alla testa svettava la solita piuma bianca e blu, gli stessi colori delle collane di ossa e sassolini che portava attorno al collo. Quanto agli abiti che indossava, erano semplici, color sabbia, una casacca di pelle con delle frange e dei calzoni lunghi fino alle caviglie. *Da lontano sarebbe potuta facilmente passare per un ragazzo*, pensò Robb.

Poi si concentrò su quello che Ako stava facendo, ovvero lavorando con un coltello un pezzo di legno. A Robb bastò un attimo per restare ammaliato da quei movimenti così decisi e sicuri ma, allo stesso tempo, anche leggiadri, come se danzassero al ritmo di una musica che solo l'indiana era in grado di sentire.

Robb e Aimery restarono impalati davanti alla Comanche per quasi un minuto, prima che lei si decidesse ad alzare gli occhi dal suo lavoro. Quando lo fece, parlò rapidamente in spagnolo.

Robb guardò Aimery con aria interrogativa. «Cos'ha detto?»

«Che facciamo più rumore di una mandria di bisonti. Ci ha sentiti ancora prima che ci addentrassimo nel campo.»

La Comanche aggiunse qualcosa e Aimery si accigliò, contrariato.

«E adesso?»

«Dice che siamo senza onore. Sia io che te. Per non avere aiutato quello schiavo e non avere ucciso gli uomini bianchi.»

«E con cosa avremmo dovuto ucciderli, scusa?», chiese Robb alla ragazza.

Ako si alzò in piedi e fissò Robb dritto negli occhi. Anche se non parlavano la stessa lingua, sembrava che avesse compreso le sue proteste. Il che non era il modo migliore per iniziare le trattative.

La Comanche si avvicinò a Robb.

Io sono più alto, pensò Robb d'istinto. E in effetti Ako era più bassa di Robb di qualche centimetro e molto più bassa di Aimery, ma lo sguardo fiero e battagliero compensava la scarsa statura.

Ako iniziò a parlare in spagnolo.

«Dice che ti ha osservato. Che ti ha visto con i cavalli. Chiede cosa provi per loro», tradusse Aimery.

«Cosa provo per loro?», ripeté Robb. «Io... mi piacciono. Sono intelligenti, leali e...», alzò le spalle, «belli».

Ako scoppiò a ridere non appena Aimery ebbe finito di tradurre.

«Solo uno stupido bianco potrebbe dire una cosa del genere di un cavallo.» Aimery allargò le braccia. «Non prendertela con me. Io sto solo traducendo.» Aimery ascoltò con attenzione la frase seguente di Ako. «A voi bianchi piacciono le cose "belle". Per voi è tutto "bello". All'inizio.»

Robb non aveva idea di cosa volesse dire Ako, ma non aveva nessuna intenzione di mettersi a discutere con lei. Tutto quello che gli serviva era un Mustang e, se l'unico modo per ottenerlo era farsi offendere da quell'indiana, che così fosse.

Ako si girò verso Aimery e i due parlottarono per un po' in spagnolo. Lo schiavo fece un paio di volte il suo nome, indicandolo con il mento, ma per l'intera durata della conversazione Ako non lo guardò. A un certo punto a Robb sembrò che i due stessero discutendo, in chiaro disaccordo su qualcosa. Poi Ako si zittì e non parlò per un tempo che a Robb sembrò infinito. Quando lo fece, si rivolse direttamente a lui.

«*Voy a atrapar un caballo por ti.*»

Robb lanciò un rapido sguardo ad Aimery, che annuì, e allora capì che Ako aveva accettato.

«Grazie!», esclamò. «Cosa vuoi in cambio? Come posso pagarti?»

Lei scosse la testa. «*Ahora no. Después.*»

L'indiana fece un cenno di saluto ad Aimery e montò in sella al suo cavallo. Prima di partire al galoppo lanciò una breve occhiata a Robb, poi spronò l'animale.

Robb e Aimery restarono fermi a guardarla svanire nella notte, in una nuvola di polvere rossa e oro.

CAPITOLO 8

Il congedo di Ako era stato piuttosto suggestivo, non c'era che dire, peccato che non fosse stato accompagnato da qualcosa di più concreto.

Quando avrebbe catturato i Mustang? Avrebbe avuto bisogno dell'aiuto di Robb e Aimery, o se la sarebbe cavata da sola? E in tal caso, quando avrebbe consegnato loro i cavalli? Ma, soprattutto, li avrebbe anche domati? Perché Robb non era affatto sicuro di riuscire a gestire da solo uno di quegli animali. Tra l'altro, non aveva la più pallida idea di dove nasconderlo in attesa di venderlo alla fiera.

«Un po' tardi per tutti questi dubbi, padrone», commentò Aimery mentre lavorava alcuni morsi per cavalli all'interno della fucina. Robb era in piedi sulla porta, angosciato. Erano passati diversi giorni dal loro incontro con la Comanche e non avevano più avuto sue notizie.

«E se dovesse chiedermi in cambio qualcosa di assurdo?»

Aimery gettò il morso insieme a quelli che aveva già finito. «Se vuoi il cavallo, dovrai darglielo.»

«Sì, ma...»

Robb si zittì non appena avvertì la presenza di qualcuno alle sue spalle. Virgil.

«Aimery, il padrone ti vuole nelle stalle. C'è un problema con un ferro di Tuono.»

Lo schiavo raccolse gli attrezzi e uscì in fretta dalla fucina. In un'altra situazione, Robb sarebbe andato insieme all'amico, ma le cose con zio Richard erano ancora piuttosto tese e cercava di passare meno tempo possibile con lui. Senza contare che stava per andarsene e non voleva in nessun modo correre il rischio di tradirsi o destare sospetti.

In preda a tutti quei dubbi e quelle angosce, si mise a letto più agitato del solito. Gli sembrava che niente stesse andando per il verso giusto e temeva che la Comanche non avrebbe mantenuto la sua parola. Robb non l'aveva nemmeno pagata, quindi fra di loro non c'era alcun patto.

Sprofondò in un sonno inquieto e si ritrovò a sognare proprio la ragazza Comanche. Era in piedi accanto a lui, con l'aria corrucciata, quasi Robb l'avesse delusa in qualche modo. Parlava in spagnolo, o forse nella sua lingua, incitandolo, come se si aspettasse qualcosa da lui. E ripeteva incessantemente la stessa parola, come una cantilena: «*Despierta... despierta... despierta!*».

A un certo punto il sogno si fece così reale che a Robb sembrava che Ako lo stesse scuotendo per una spalla.

«*Despierta! Despierta!*»

Robb spalancò gli occhi e si sedette di scatto. Impiegò qualche istante a mettere a fuoco i contorni della sua stanza:

il cassettone di legno scuro, la scrivania con la sedia, l'armadio intagliato e...

«Chi sei? Cosa vuoi?», esclamò spaventato quando intravide una sagoma nascosta dietro alla tenda.

«*Demasiadas preguntas*», disse Ako uscendo allo scoperto con calma. Indossava gli stessi abiti di alcune notti prima, solo che adesso, attaccata alla cintura dei pantaloni, c'era un'ascia.

Robb scese dal letto, guardando la Comanche con stupore. Cosa ci faceva nella sua stanza a quell'ora della notte? Come aveva fatto a eludere i sorveglianti?

Ako indicò i vestiti di Robb piegati in fondo al letto. Il significato di quel gesto era chiaro, ma lui esitò. Era saggio seguire la Comanche fuori di lì, con il rischio di essere beccato da zio Richard o da uno dei sorveglianti?

No, si rispose Robb. *Affatto. Ma se voglio quel Mustang, devo fare quello che dice lei.*

Così si vestì in fretta, mentre Ako scrutava con attenzione fuori dalla finestra.

«Cosa...», sussurrò Robb una volta pronto, ma Ako gli fece segno di restare in silenzio. Robb si interruppe, un po' stizzito – in fondo quella era casa sua e la Comanche non aveva nessun diritto di dargli ordini! Poi si calmò, pensando alla California e a quello che avrebbe fatto una volta libero.

Sii paziente, Robb Varner, si disse. *Sii paziente.*

Ako si voltò verso di lui. «*Vamos.*»

La Comanche salì sul davanzale della finestra e poi frugò nella tasca dei pantaloni, tirando fuori un rotolo di corda sottile. Legò un'estremità al gancio della persiana e poi scavalcò la finestra, scomparendo nell'oscurità.

«Per la miseria», mormorò Robb affacciandosi. Nello spazio di quei pochi secondi Ako aveva toccato terra e adesso lo aspettava acquattata tra i cespugli di rose che circondavano la casa.

Robb si guardò con circospezione attorno. Dei sorveglianti nemmeno l'ombra. Probabilmente stavano pattugliando l'altra parte del giardino. Ako doveva aver aspettato il momento giusto prima di calarsi. La ragazza era furba.

Spazientita, la Comanche gli fece segno di raggiungerla. Robb afferrò la corda, pregando di non ritrovarsi tre metri più in basso con qualche osso rotto. Poi scavalcò la finestra e si calò.

Quando toccò terra, guardò Ako con aria di trionfo, ma l'indiana aveva già rivolto la sua attenzione altrove. Ovvero verso le voci dei nuovi sorveglianti, Foster e Price.

Ci scopriranno!, pensò Robb, lanciando uno sguardo preoccupato alla corda che penzolava dalla sua finestra. Ako non sembrava condividere la sua angoscia. Con aria calma, la Comanche tastò a terra, sollevando un sasso grande quanto una noce. Prima che Robb potesse chiedersi quali fossero le sue intenzioni, Ako prese la mira e lo scagliò nell'oscurità. Un istante dopo si sentì uno schiocco – *toc!* – e i sorveglianti si fermarono.

«Cos'è stato?», chiese Price.

«Non ne ho idea», rispose Foster grattandosi la barba scura. «Veniva da quella parte. Andiamo a vedere.»

«Speriamo non sia un maledetto coyote», brontolò Price.

«Meglio un coyote di uno schiavo che prova a fuggire. Sai che seccatura?»

I due sorveglianti si allontanarono dai cespugli di rose. Senza perdere tempo, Ako tirò uno strattone alla corda e il nodo si sciolse. Poi la arrotolò, facendola sparire dentro la tasca dei pantaloni. Robb era piuttosto impressionato, ma cercò di non darlo a vedere. Aveva sempre pensato di essere bravo con i nodi, ma quell'indiana ne aveva appena fatto uno che aveva resistito al loro peso ma allo stesso tempo si era sciolto con grande facilità.

Quanto mi piacerebbe conoscere i suoi segreti, ammise fra sé e sé.

Ako afferrò Robb per un braccio. «*Vamos*.»

I due emersero dai cespugli. Ako puntò decisa verso il confine nord della piantagione, quello oltre le stalle, e Robb la seguì. Gli bastarono quei pochi momenti per capire che la descrizione che Aimery aveva dato di Ako non era esagerata. *È come se danzasse nel vento. Segue la natura, si muove quando gli uccelli sbattono le ali, in modo da coprire il rumore dei suoi passi. Striscia nella polvere insieme ai serpenti, così da confondersi con i loro movimenti*. Era proprio così. Ako sembrava un tutt'uno con il mondo che la circondava.

Una volta raggiunta la staccionata che segnava il limitare della piantagione, Robb fece per saltarla, ma Ako lo fermò e la superò strisciando a terra. Robb la imitò e in un attimo i due vennero inghiottiti dalla vegetazione.

«Posso sapere dove stiamo andando?», chiese Robb mentre camminavano a passo spedito. «No, certo che no, perché non parli la mia lingua.»

Ako proseguì senza prestare attenzione a Robb. All'altezza del ruscello la ragazza deviò verso sinistra, in direzione dello spiazzo d'erba dove Robb aveva rischiato di venire travolto dai Mustang. Quando sbucarono dagli alberi, però, invece dei cavalli selvaggi trovarono due animali solitari intenti a brucare. Il primo era il cavallo con il manto dorato di Ako. Il secondo...

«Tuono!», esclamò Robb esterrefatto. «Hai rubato il cavallo di mio zio!», accusò Ako. «Lo sai cosa succede se scopre che il suo Purosangue non è nella stalla?»

Lei rispose con uno strano sorriso e montò il suo cavallo con un balzo.

Robb allargò le braccia, sconsolato. «Tutto quello che volevo era che catturassi un Mustang per me. Essere trascinato fuori dal letto nel cuore della notte e ritrovarmi complice del furto dell'amatissimo cavallo di mio zio non era in programma.»

Per tutta risposta, Ako spronò il suo cavallo e partì al galoppo.

Robb guardò Tuono. Quello era il momento giusto per tornare indietro, riportare il Purosangue nella stalla e rimettersi a letto come se nulla fosse. E se anche Price e Foster lo avessero sorpreso in giro, Robb avrebbe detto di aver sentito del trambusto nelle stalle e di aver fermato Tuono prima che fuggisse, rischiando di azzopparsi. Tutti sapevano quanto zio Richard tenesse a quell'animale. Per quanto dubbio potesse sembrare il racconto di Robb, i due sorveglianti non avrebbero osato contraddirlo pur di non prendersi nessuna responsabilità.

Sì, sarebbe stata la cosa migliore da fare.

Così, quando montò in sella a Tuono e partì al galoppo dietro ad Ako, Robb si ritrovò a formulare un pensiero ormai ricorrente.

Sei proprio uno stupido, Robb Varner. Proprio uno stupido.

CAPITOLO 9

A Robb bastarono pochi minuti in sella a Tuono per dimenticarsi di tutti i rischi che stava correndo in quel momento – non da ultimo rompersi l'osso del collo.

Cavalcare nel cuore della notte, con la luna e le stelle sopra la testa e l'erba alta e profumata sotto i piedi, era libertà allo stato puro. Gli sembrava di volare lungo quelle praterie, privo di catene e costrizioni.

La Comanche, nonostante il suo cavallo non fosse certo di razza, teneva il passo di Tuono senza sforzo.

Cavalca senza sella!, si ritrovò a pensare più di una volta Robb. *E senza briglie! Ma come fa?*

Qualunque fosse la tecnica di Ako, ammesso che di tecnica si potesse parlare, Robb era certo che non sarebbe mai stato in grado di apprenderla. Perché si trattava di qualcosa di innato: il modo in cui lei si piegava sulla testa del cavallo, sfiorando la criniera con il mento, o la sicurezza con cui scivolava sul fianco dell'animale quando curvava. Robb era certo che, anche bendata e con il cavallo lanciato a tutta velocità, Ako non sarebbe caduta.

Continuarono a cavalcare per un bel pezzo, addentrandosi in terreni sconosciuti. Stavano puntando verso nord, questo Robb lo aveva capito, ma non aveva idea di quale fosse la loro meta. La risposta arrivò alcuni momenti dopo, quando Ako rallentò l'andatura del suo cavallo.

Senza fiato, Robb si guardò attorno. Si trovavano in cima a un promontorio coperto da un tappeto di erba chiara. A est e a ovest il rilievo digradava dolcemente, mentre a nord, proprio davanti a loro, scendeva a strapiombo. Ako si avvicinò al ciglio del promontorio e invitò Robb a raggiungerla con un gesto della mano. Per un attimo la mente di Robb fu attraversata da un pensiero terrificante: *E se volesse uccidermi?* Aveva la testa talmente piena dei racconti truculenti di Mami Bo, che la possibilità che la Comanche lo avesse attirato di lì per farlo a pezzi con la sua ascia gli sembrava più che plausibile. Poi scosse la testa, scacciando via quell'immagine, e schioccò la lingua, incitando Tuono a proseguire.

«*Mira*», disse Ako indicando la spianata sottostante.

Robb fermò Tuono a un metro abbondante dallo strapiombo e allungò il collo.

«Per la miseria...!», mormorò alzandosi sulle staffe. «Ma... sono loro! I Mustang!»

Un branco di centocinquanta, forse duecento, cavalli selvaggi stava pascolando a ridosso di un ampio specchio d'acqua. Robb osservò affascinato i loro movimenti, che trasmettevano forza e armonia insieme, e i colori variegati dei manti: c'erano quelli scuri, neri e marroni, e poi quelli più chiari, color miele o dorati come il cavallo di Ako, e quelli marezzati, che lui non aveva mai visto prima. Tutti dettagli che nel suo primo tumultuoso incontro con il branco non aveva potuto apprezzare.

«Sono splendidi», mormorò.

«Lo sono», disse Ako.

Robb restò con lo sguardo fisso sui cavalli ancora per un istante, prima di sussultare. «Ehi! Ma tu parli la mia lingua!»

Ako sorrise con aria scaltra. «Sì.»

«E perché fingi di non saperla?»

«Più comodo», rispose Ako. «Meno problemi.»

Robb non era certo di cosa intendesse dire la Comanche, ma era felice di poter comunicare direttamente con lei.

«Quando catturerai il cavallo per me?», chiese ansioso.

«Dipende.»

«Da cosa?»

«Da lui.»

«Lui chi?»

«Il tuo Mustang.»

«Ma io non ho ancora un Mustang!»

«Appunto.»

Robb guardò Ako senza capire. Forse non parlava così bene la sua lingua, dopo tutto, dato che si esprimeva in modo incomprensibile. O forse la Comanche si stava solo prendendo gioco di lui.

«Perché mi hai portato qui?», chiese Robb.

Ako tenne lo sguardo fisso sui Mustang. «Tu ne vuoi uno per venderlo a una fiera.»

«Sì.»

«Perché così potrai comprare la tua libertà.»

«Sì.»

«Al prezzo di quella di uno di loro.»

Adesso Robb trovava che Ako si esprimesse perfettamente nella sua lingua. Forse troppo.

«Sì, ma in fondo sono solo cavalli... Sono abituati a essere venduti e comprati.»

«È quello che voi bianchi dite anche dei neri, vero?»

Prima che Robb potesse trovare una risposta, Ako piantò gli occhi scuri nei suoi.

«Non mi piacete, voi bianchi. Siete arroganti e crudeli. Calpestate tutto quello che trovate sulla vostra strada e avete paura di ciò che non conoscete. Invece di provare a capirlo, vi limitate a distruggerlo. Non vedo niente di buono, in voi. Niente.»

Robb restò in silenzio, ferito, offeso e mortificato. Avrebbe potuto ribattere, avrebbe potuto dire ad Ako che i Comanche razziavano, depredavano e uccidevano senza alcuna pietà lungo il confine con il Messico. Ma accusare Ako dei peccati del suo popolo non avrebbe cancellato quelli della gente di Robb.

Perché nel profondo lo sentiva. Lo sapeva. Anche se non aveva mai osato esprimere il suo pensiero ad alta voce, anche se non avrebbe mai osato mettere in discussione l'ordine che regnava alla piantagione di suo zio, Robb sapeva che nel suo mondo c'era qualcosa di sbagliato.

«Allora perché hai accettato di catturare un Mustang per me?», chiese infine.

Ako scosse la testa. «Aimery mi ha convinta.»

«Come?», chiese Robb.

Ako girò il suo cavallo, che si incamminò pigramente da dove erano venuti.

«Non ha importanza.»

«Ancora non vuoi dirmi cosa dovrò darti in cambio?», le gridò dietro Robb.

La Comanche non rispose e partì al galoppo, lasciando Robb da solo, sul ciglio del precipizio, a guardare i Mustang muoversi sotto la luna.

Robb non aveva mai creduto nel destino, nel fato o in cose del genere, a differenza di Mami Bo, che invece era tremendamente superstiziosa e vedeva segni in ogni cosa. Una pagnotta bruciata? Febbre imminente. Una piuma di gallo ai piedi del portico? Pioggia all'orizzonte. Quattro uova chiare e una scura? Presagio di sventura.

Ma l'invito da parte degli Hogg non sarebbe potuto arrivare nel momento più sbagliato.

Erano da poco passate le tre e Robb stava conducendo il Longhorn, ribattezzato da lui "Spiedo" dopo che aveva infilzato la natica di uno schiavo con la pretesa di cambiargli l'acqua nell'abbeveratoio, fuori dalla stalla. Quando aveva incrociato Aimery quella mattina in cortile non gli aveva raccontato della sua cavalcata notturna con Ako. Un po' perché non era certo che l'indiana volesse far sapere di essere in grado di parlare inglese, un po' perché, dopo le sue accuse, Robb provava un fastidioso senso di disagio all'idea di trovarsi vicino allo schiavo.

Loro sono abituati a essere venduti e comprati.

È quello che voi bianchi dite anche dei neri, vero?

Anche se zio Richard e zia Adele stavano bene attenti a non affrontare certi argomenti davanti a lui, Robb aveva sentito parlare degli abolizionisti. Discorsi origliati qua e là, frasi interrotte non appena lui e Susan entravano in qualche stanza, ma mai abbastanza in fretta. Sapeva, per esempio, che esisteva un confine chiamato "linea Mason-Dixon", a nord del quale gli schiavi erano considerati liberi. Sapeva che tanti, tantissimi schiavi cercavano di fuggire dalle piantagioni per raggiungere quel confine e arrivare anche più su, in Canada. E sapeva che i bianchi del Nord volevano abolire la schiavitù, mentre quelli del Sud, come suo zio, erano contrari. Robb sapeva tutte queste cose, ma non aveva mai messo in discussione il suo mondo, perché non ne aveva mai conosciuto un altro.

Calpestate tutto quello che trovate sulla vostra strada e avete paura di ciò che non conoscete.

Era davvero così? Robb aveva paura di quello che non conosceva? Ma se stava per andarsene in California! Cosa ne sapeva quell'indiana di...

«Padroncino Robb! Padroncino Robb!»

Robb sbatté le palpebre e si fermò. Infastidito, Spiedo mugghiò. Robb gli posò una mano sul corno.

«Buono, bello, buono. Tra un attimo andiamo nel recinto.»

Virgil raggiunse Robb arrancando e coperto di sudore. «Il padrone ha detto di farti un bagno.»

«Un bagno?», ripeté Robb. «E perché?»

«Siete invitati a merenda dagli Hogg.»

«Adesso?»

«Adesso.»

Robb sbuffò. L'ultima cosa che desiderava era lavarsi e vestirsi con i fastidiosi abiti della domenica, quelli che zia Adele lo obbligava a indossare per andare a messa ad ascoltare il reverendo Seward parlare di peccati, espiazione e immoralità.

«Devo proprio?», borbottò Robb passando le redini di Spiedo a Virgil.

«Non sta a me dirlo, padroncino», rispose lo schiavo con un sorrisetto.

Contrariato, Robb entrò in casa passando dalla cucina («Ragazzo, hai bisogno di una bella lavata!», rincarò Mami Bo) e salì al piano superiore. Rachel era già lì, nel bagno che Robb condivideva con la sorella, e aveva riempito la vasca di acqua bollente.

«Grazie, Rachel. Faccio da solo.»

La schiava uscì dal bagno e Robb chiuse a chiave la porta, prima di spogliarsi e immergersi nella vasca. Si diede una sonora strigliata, togliendosi la terra da sotto le unghie delle mani e lo sporco che gli restava sempre attaccato dietro alle orecchie. Poi uscì dalla vasca, si asciugò e andò in camera. Zia Adele aveva messo sul letto gli abiti prescelti per l'occasione e Robb storse il naso: sarebbe sembrato un vero idiota conciato in quel modo. Scartò i pantaloni al ginocchio abbinati alle calze bianche e prese dall'armadio un paio di pantaloni lunghi color tabacco. Sulle scarpe poteva fare ben poco, così si rassegnò a quelle scelte dalla zia – nuove, scomode e con i lacci. Cedette anche sulla camicia bianca, ma non ne volle sapere della giacca. Quanto al cappello di paglia a bombetta, ne aveva visti di peggiori, così se lo ficcò sui capelli bagnati e scese di corsa le scale.

Rachel stava lucidando il corrimano al piano terra e quando lo vide ridacchiò.

«Non è quello che aveva in mente la padrona.»

«Chi parla della padrona in mia assenza?», tuonò Mami Bo emergendo dal corridoio che portava in cucina. La cuoca squadrò Robb da capo a piedi, le mani sui fianchi e gli occhi spalancati.

«*Ossignoresantissimo*, ragazzo! Farai venire un colpo alla padrona, povera donna! Andate a merenda dagli Hogg, mica da quegli straccioni dei Rodney!»

Robb scrollò le spalle e andò alla porta. «Vado benissimo così.»

«Va benissimo così, dice lui...», brontolò Mami Bo. «Sei un povero disgraziato, ecco cosa sei.»

Robb aprì la porta d'ingresso e uscì sul portico. Zio Richard e zia Adele erano già lì, lo zio vestito di tutto punto da cavallerizzo, con il frustino lucente e la tuba in testa, in sella a Tuono; zia Adele sul calesse insieme a Susan. Entrambe erano vestite di rosa pallido, con i capelli acconciati in morbidi boccoli e gli ombrellini di pizzo abbinati. Perfino Virgil si era cambiato la camicia e sulla testa calzava un cappello senza buchi.

Quando zia Adele vide Robb, si portò una mano al cuore e sospirò. Zio Richard si limitò ad alzare le sopracciglia e a indicare con lo sguardo le stalle.

«Prendi Boy.»

Robb non aspettava altro! L'ultima cosa che voleva era fare il viaggio in calesse con zia Adele e Susan. Così corse di volata nelle stalle, sellò Boy nonostante le proteste dello Shire e, di umore nettamente migliore, raggiunse il gruppetto al trotto.

Il tragitto per andare alla piantagione degli Hogg era piuttosto breve e nel giro di una decina di minuti Robb si ritrovò a oltrepassare le alte colonne sormontate da aquile che segnavano l'ingresso della tenuta e a percorrere il lungo viale fiancheggiato da alte querce dai rami intrecciati. Anche se era zio Richard il proprietario terriero più ricco della zona, gli Hogg tenevano molto di più all'apparenza. La dimora principale della loro piantagione era molto più ampia e sfarzosa di quella dei Varner, con alte colonne bianche che salivano fino al tetto, imposte di un bel nero lucente e cespugli di rose perfettamente potati.

La signora Hogg aveva allestito la merenda sul prato a lato della casa, facendo piantare dagli schiavi dei gazebi dalle tende bianche e collocando il buffet sotto una grande magnolia dai fiori lilla. Diversi schiavi in divisa si aggiravano versando vino e offrendo dolcetti su vassoi d'argento.

«Benvenuto, Richard, benvenuto!», salutò il signor Hogg, accogliendoli con un sorriso.

Robb smontò a malincuore da Boy e lo affidò a uno degli schiavi. Il signor Hogg aiutò zia Adele e Susan a scendere dal calesse, elargendo complimenti a entrambe.

A Robb il signor Hogg non era mai veramente piaciuto. Non che non fosse gentile, anzi: era cortese con zia Adele, si sforzava di parlare con Susan e dedicava sempre qualche minuto della sua attenzione a lui, chiedendogli come andasse con i cavalli o con la pesca. Trattandolo da uomo, insomma. Cosa di cui Robb gli era grato, visto che era l'unico a farlo. Eppure... C'era qualcosa, negli occhi azzurri del signor Hogg, che gli provocava inquietudine. Qualcosa nella piega della bocca, sempre così sorridente, che lo infastidiva. Era come una meringa troppo dolce. O un limone troppo aspro. Robb non era ancora riuscito a capirlo.

Zio Richard smontò da Tuono e strinse la mano del padrone di casa. «Grazie dell'invito, Patrick.»

La signora Hogg, in un trionfo di falpalà color crema, sopraggiunse qualche istante più tardi, seguita da una schiava di non più di dieci anni il cui compito era fare ombra alla padrona con un ampio ombrello.

«Mia cara Adele!», esclamò. «E la piccola Susan. Come state, care?»

Robb si tenne in disparte, sperando di venire risparmiato da tutti quei convenevoli. Ma lo sguardo impietoso della signora Hogg calò su di lui come una mannaia.

«Ed ecco il giovane Robb. Ormai un ometto, non è così?»

Alla parola "ometto" Robb si sforzò di sorridere. «Eh, già.»

«Sta venendo su proprio affascinante come lo zio», aggiunse la signora Hogg scrutandolo con attenzione. «Sì, l'ovale è di Richard, senza dubbio. Grazie al cielo, oserei dire. Poteva sempre prendere da suo...»

La signora Hogg si interruppe con un sorriso di circostanza e Robb strinse i denti. Tutti avevano capito a chi si stesse riferendo. Il signor Hogg si schiarì la voce, mentre zio Richard e zia Adele fecero finta di non aver sentito. Quanto a Susan, restò imbalsamata accanto alla zia.

«Su, non stiamocene qui sotto al sole. Andiamo a bere qualcosa di fresco all'ombra», cinguettò la signora Hogg, del tutto ignara (o forse no?) dell'imbarazzo provocato. Si avviò verso il buffet e la schiavetta con l'ombrello le trotterellò dietro.

Zio Richard prese zia Adele sottobraccio e, insieme a Susan, seguirono i signori Hogg. Robb non scoprì mai se lo zio lo avesse lasciato indietro per disappunto o per pietà, ma fu più che felice di dare una mano a Virgil a portare via il calesse.

Gli altri cocchieri di colore erano seduti sul retro della casa sotto alcuni grandi olmi, intenti a bere acqua fresca e a mangiare qualche avanzo che la vecchia cuoca degli Hogg stava distribuendo.

«Coraggio, coraggio, non fate i timidi», stava dicendo la donna. «Ce n'è per tutti. Oh, salve Virgil.»

Virgil si tolse il cappello di paglia dalla testa. «Buongiorno, Abigail.»

La donna sorrise. Robb notò che le mancavano un bel

po' di denti e che aveva la pelle molto più chiara di quella di Mami Bo. In effetti, dagli Hogg c'erano sempre stati numerosi schiavi caffelatte, cosa che Robb aveva sempre trovato strana. Da zio Richard gli schiavi erano tutti scurissimi.

«Vieni a bere un po' d'acqua.» Abigail offrì un bicchiere a Virgil e poi si ritirò in cucina, lasciando i cocchieri da soli. Alcuni erano molto giovani, poco più che bambini, altri invece vecchi come Virgil. Alcuni scuri come lui, altri chiari come Abigail. Uno senza un occhio, addirittura, sembrava quasi bianco.

«Forse è meglio se vai, padroncino», sussurrò Virgil.

Robb distolse rapidamente lo sguardo dallo schiavo senza un occhio.

«Sì, Virgil. Ci vediamo dopo.»

Svogliato, Robb si incamminò verso la zona della merenda. La maggior parte degli ospiti era già arrivata e Robb riconobbe i signori Caldwell con le tre figlie di diciotto, quindici e tredici anni e i Buchanan, che invece avevano tre maschi di venti, diciannove e sedici anni. La settimana prima, in chiesa, Robb aveva sentito qualcuno dire che prima o poi i Caldwell e i Buchanan si sarebbero imparentati fra loro, dando vita alla più grande piantagione del Texas. Sembrava che l'argomento riscuotesse grande interesse nella zona. Per Robb era solo di una noia mortale.

Quando capì che i Rodney non erano tra i presenti, Robb tirò un sospiro di sollievo. Gironzolò per il giardino, ficcandosi di tanto in tanto in bocca qualche dolcetto. Gli unici ragazzini della sua età erano i figli dei Brulay, che però se ne stavano seduti impettiti accanto ai genitori, annuendo a tutto quello che diceva il reverendo Seward. Non c'era granché da divertirsi.

Quando zio Richard gli rivolse uno sguardo spazientito, Robb non poté fare altro che andare a sedersi vicino agli zii e agli Hogg. Al gruppetto adesso si erano aggiunti anche i vecchi signori Barnet – rinsecchita e arcigna lei, pingue e con i denti ingialliti dal tabacco lui. Si erano trasferiti in città da diversi anni, affidando la piantagione al figlio maggiore, ma di tanto in tanto tornavano a controllare come andavano le cose. Robb li aveva incontrati poche volte e li aveva sempre trovati sgradevoli. Più degli Hogg. E non era un paragone da prendere alla leggera.

«... allora le ho detto: "Mary, mia cara, ma non possiamo certo lasciare che questi predicatori negri dicano tutto quello che passa per quelle loro teste bacate!"», stava biasciando la signora Barnet, con la bocca piena di crema. «"Bisognerà pur dar loro una direzione, no? Come alle mucche quando escono dalla stalla".»

«Ben detto, mia cara», commentò il marito annuendo. «Ben detto.» Tracannò l'ultimo sorso di limonata e poi alzò il braccio di scatto, per richiamare l'attenzione della schiava con la brocca che stava versando da bere poco più in là. Sgraziato com'era, il signor Barnet colpì la bambina che stava facendo ombra alla signora Hogg. L'ombrello le sfuggì di mano e finì dritto in testa alla padrona, che per lo spavento sobbalzò e lasciò cadere a terra piatto e bicchiere, in un'esplosione di vetri, crema e meringa.

«Ester!», sibilò la signora Hogg. «Ma sei impazzita? Guarda cosa hai fatto! Adele, perdonami, hai il vestito tutto macchiato...»

Robb, deliziato da quel fuoriprogramma, si sforzò di non scoppiare a ridere davanti all'espressione disperata della signora Hogg. In fondo non erano che quattro schizzi di crema.

«E Susan! Quelle belle scarpe...», continuò la padrona di casa.

«Non preoccuparti, Dora, sono certa che Mami Bo riuscirà a smacchiarle...», le assicurò zia Adele.

«Be', non so se questa tua Mami Bo sappia fare miracoli, ma di certo nessuno sarà in grado di rimediare a questo!», sibilò la signora Barnet, mostrando l'orlo del vestito intriso di limonata. «Sul serio, Dora, dovresti educare meglio le tue schiave», commentò schioccando la lingua. «Non puoi permettere che si comportino come delle selvagge!»

Robb lanciò uno sguardo alla bambina alle spalle della signora Hogg, che seguiva lo scambio di battute con aria spaventata.

«Le mie schiave sono perfettamente educate», ribatté l'altra piccata.

«Oh, lo vedo», chiosò la signora Barnet. «E pensare che per venire qui abbiamo rinunciato a restare in città per la cena dei Monterey. Avevano preso un palco a teatro. Ma forse, caro, facciamo ancora in tempo se partiamo subito...»

«Be', se vuoi saperlo abbiamo tentato di tutto con Ester», disse precipitosamente la signora Hogg, mortificata all'idea che degli ospiti piantassero la sua merenda in favore di un'altra occasione mondana. «Ma è sempre stata goffa e non credo che crescendo migliorerà. Adesso perché non andiamo a...»

«Scommetto che io ci riuscirei», la interruppe la signora Barnet.

«Prego?», chiese la padrona di casa confusa.

«A raddrizzarla.» La signora Barnet squadrò la bambina con aria critica. «Vendimela.»

«Venderti Ester?», ripeté la signora Hogg, lanciando uno sguardo perplesso al marito, che però finse di non vedere. Robb, a sua volta, guardò gli zii, ma né zia Adele né zio Richard sembravano intenzionati ad aprire bocca.

«Esatto. Una così può valere a malapena centocinquanta dollari, ma voglio essere generosa e offrirtene centosettanta. Accetti?»

«Ma mia cara Mabel», provò a blandirla la signora Hogg, «non posso venderti Ester così su due piedi, ti pare? E poi, lo hai detto tu stessa che è una selvaggia...».

«E ho anche detto di essere perfettamente in grado di domarla. Non ne posso più di questi ricevimenti di campagna con schiavi che inciampano, spaccano cristallerie e si permettono pure di lamentarsi se qualcuno li riprende.» La signora Barnet si alzò con aria altera, stirandosi il vestito. «Martin, caro, adesso vorrei andare, se non ti dispiace. Davvero, non mi sento a mio agio in mezzo a gente che preferisce tenersi un negro invece di un ospite...»

«Ma certo che puoi prenderla, Mabel!», trillò la signora

Hogg con una risata simile a un cucchiaio che gratta il fondo di un paiolo. «Non me ne importa niente di lei. Ne ho altre dieci che possono farmi ombra.»

«Ma scusi, davvero...», saltò su Robb, prima che zio Richard lo zittisse stringendogli il braccio.

«Vieni, Susan, andiamo a fare due passi», disse zia Adele prendendo per mano la bambina e allontanandola dal gruppo.

Il signor Barnet sfilò il portafoglio dalla tasca interna della giacca, contò alcune banconote e le porse al signor Hogg.

«Non mi sembra il caso di contraddire le nostre signore, eh Patrick? Con questo caldo, poi.»

Il signor Hogg prese i soldi con una risatina. «Direi di no, Martin.»

E così, era fatta.

«Padrona?» La schiava con la brocca di limonata si avvicinò al gruppetto con aria angosciata. «Posso pensare io ai vestiti delle signore, padrona. Lo sai che sono brava con il bucato. Non ti ho forse smacchiato quello scialle...»

«Oh, ma per l'amor del cielo!», esclamò la signora Barnet. «Non hai niente di meglio da fare che venire qui a origliare, ragazza? Va' a versare da bere a qualcuno!»

«Mamma...?», balbettò la bambina nascondendosi dietro la gonna della madre.

«Per favore padrona, non vendere la mia piccola», implorò la schiava guardando la signora Hogg. «Per favore. Farò tutto quello che vuoi. Pulirò, spazzerò e cucinerò e terrò in ordine i tuoi vestiti e...»

La signora Barnet afferrò per un braccio la bambina. «Forza, muoviti. Sali sul calesse.»

«No, no, per favore... Non la portare via...», singhiozzò la ragazza trattenendo la figlia.

«Mamma!»

«Lascia subito andare la mia schiava!», ruggì la signora Barnet.

«Hai sentito mia moglie?» Il signor Barnet si alzò e tirò un manrovescio alla madre della bambina, che perse l'equilibrio e finì a terra con la brocca di limonata.

«Che scena disdicevole», commentò la signora Barnet mentre il marito trascinava il suo nuovo acquisto verso il calesse. «Dei selvaggi. Dei veri selvaggi. Dora, puoi risparmiarti l'invito per il ballo di Natale», dichiarò prima di allontanarsi impettita.

«Mamma! *Mammaaa!*», gridava la bambina scalciando. «*Mammaaa!*»

Robb saltò in piedi, liberandosi dalla presa di zio Richard con uno strattone, e si guardò attorno. Gli schiavi continuavano a servire da bere e da mangiare e a fare aria alle signore senza alzare gli occhi da terra. E gli ospiti continuavano a ridere, scherzare e fumare sigari.

Poi una figura solitaria emerse dal retro della grande casa. Zoppicando, la vecchia Abigail raggiunse la schiava ancora distesa a terra che singhiozzava sui cocci della limonata, mentre le grida della figlia si facevano sempre più lontane. Si chinò a fatica e la tirò su prendendola per le ascelle.

«Coraggio, ragazza, coraggio. Ci pensa la vecchia Abigail a te.»

La schiava la trascinò fino alla casa, arrancando a ogni passo, sotto lo sguardo indifferente di tutti.

«Allora!», gorgheggiò giuliva la signora Hogg battendo le mani. «Che ne dite di un bel sorbetto al limone? È una prelibatezza che ho fatto preparare apposta da...»

Robb si voltò a guardare il calesse dei Barnet che lasciava la piantagione. E per la prima volta in vita sua si vergognò profondamente di essere ciò che era.

CAPITOLO 10

«Robb, hanno arrestato gli uomini che hanno ucciso quella coppia», esordì brusco zio Richard la mattina seguente a colazione. «Una banda di straccioni che giocava ai ranger», proseguì. «Puoi ricominciare a uscire dai confini della piantagione, se vuoi. Anche se preferirei che non lo facessi comunque.»

Robb alzò distrattamente lo sguardo dal pane imburrato. «Cosa?»

Zio Richard chiuse il giornale e lo mise da parte. «Ho detto che puoi tornare al fiume. Pensavo non aspettassi altro.»

«Sì, certo», borbottò. Poi fissò lo zio. «Perché non hai detto nulla?»

Zio Richard si accigliò. «A che proposito?»

«Ieri, dagli Hogg. Quando hanno venduto la bambina.»

«Quale bambina?»

«La schiava», specificò Robb.

«Ah, *quella* bambina.»

«Sì, quella.» Robb restò in attesa di una parola da parte

dello zio, che però non arrivò. «Nessun padrone decente separa le famiglie», rincarò. «Lo dici sempre anche tu.»

Zio Richard si tolse gli occhiali, massaggiandosi la radice del naso. Tango, sdraiato sotto la sua sedia, russò sonoramente e si girò sulla schiena.

«Non mi piace discutere di certe cose», disse infine lo zio.

«Perché sono solo un bambino o perché non sai cosa dire?»

«Non essere insolente, ragazzo. Non mi pare che ti si sia mai fatto mancare nulla da quando sei qui. Un po' di gratitudine e rispetto sarebbero graditi.»

«Di cosa state parlando?», chiese zia Adele entrando in sala da pranzo con Susan al seguito. Robb guardò la sorellina – pallida, muta, lo sguardo fisso, la bocca dritta – e provò un moto di insofferenza.

«Di nulla», tagliò corto zio Richard. «Allora, come stanno le mie signore, questa mattina?»

Robb si alzò da tavola e si avviò verso la porta.

«Ragazzo, ti sembra il modo di andartene? Senza dire nemmeno una parola?»

Robb si voltò e guardò prima zio Richard e poi zia Adele. Come potevano starsene lì, davanti alla tavola imbandita per la colazione, dopo quello che era successo il giorno prima? Possibile che per loro fosse tutto normale?

«Una cosa da dire, in effetti, ce l'ho: non siete migliori degli Hogg. E nemmeno dei Barnet. Anche se siete molto bravi a far credere agli altri il contrario.»

Robb uscì dalla sala da pranzo sbattendo la porta. Percorse metà del corridoio che portava in cucina, poi ci ripensò. Di certo Rachel aveva sentito tutto ed era già corsa a riferirlo a Mami Bo. E l'ultima cosa di cui aveva bisogno era l'ennesima ramanzina. Quindi fece dietrofront e uscì passando dall'ingresso principale.

Andò nelle stalle e, quando vide che Boy non c'era, si lasciò sfuggire un'imprecazione. Dove lo aveva portato Virgil? Sbuffando, si guardò attorno e Tuono, chiuso nel suo stallo, batté gli zoccoli a terra, nervoso, come se fremesse all'idea di una cavalcata.

«Come vuoi, bello», disse Robb, sellandolo in fretta. «E poi zio Richard è già arrabbiato con me. Tanto vale approfittarne.»

Robb salì in groppa al cavallo, uscì dalla stalla e lo lanciò al galoppo lungo il viale con un grido, incurante degli sguardi perplessi degli schiavi al lavoro nei campi e di quelli dei sorveglianti. Il signor Zachary gli urlò qualcosa, ma lui se ne infischiò. Voleva solo andarsene da lì, lasciandosi alle spalle tutto – le discussioni con zio Richard, gli sguardi di rimprovero di Mami Bo, l'espressione imbambolata di Susan e, soprattutto, l'immagine della bambina che scalciava disperata, mentre la strappavano alla madre.

Senza una meta precisa, si limitò a seguire la via che conduceva in città, superando i bivi che portavano alle piantagioni più grandi della zona: la Buchanan, la Caldwell, la Hogg e poi quelle più piccole, come la Orson e la Ashford.

Dopo un'ampia curva della strada, Robb giunse in vista dell'Emporio Smithson. Era un semplice edificio di legno con una tettoia spiovente e le assi del portico sconnesse. Non era granché rifornito e Mami Bo si serviva di rado lì, anche perché non era ben frequentato. Anche quella mattina, infatti, il solito manipolo di straccioni bianchi cercava di passare il tempo bevendo e attaccando briga con chiunque. Robb vide anche un capannello di uomini più distinti e riconobbe alcuni proprietari terrieri della zona.

«Il giovane Varner», lo salutò il fattore Orson, un uomo brizzolato che allevava bestiame.

«Buongiorno, signor Orson», salutò Robb.

«Come sta tuo zio, ragazzo?»

«Bene, signore.»

«Mi fa piacere. Di' un po', avete sentito anche voi le ultime sui Mustang?»

Robb si fece attento. «Che intende dire?»

«Hanno devastato di nuovo i pascoli dei Rodney», intervenne il signor Fuller, il proprietario dell'emporio, uscendo sul portico con le mani imbiancate di farina. «Sembra proprio che quelle bestie ce l'abbiano con quei disgraziati.»

«Quando è successo?», chiese Robb.

«Stanotte», rispose Fuller. «Poveretti, non vorrei trovarmi nei loro panni.»

«Ho sempre detto al signor Rodney di recintare i suoi terreni», commentò il signor Orson. «È poca roba, un lavoro da mezza giornata nemmeno. Ma lui no, non ne ha mai voluto sapere. Mi ero perfino offerto di mandargli un paio dei miei schiavi ad aiutarlo.»

«Sono gente dura, i Rodney», disse Fuller. «Dura e orgogliosa. Finiranno per creparci, sulla loro terra, pur di non chiedere aiuto a nessuno.»

Prima che Robb potesse fare altre domande sui Mustang, il signor Orson lanciò un'occhiata a Fuller e poi indicò con la testa la strada che proveniva dalla città: un carro trainato da un mulo si stava avvicinando all'emporio. Robb riconobbe subito l'uomo alla guida: era proprio il fattore Rodney, accompagnato dal figlio maggiore. Avevano entrambi l'aria più stanca del solito e sembravano perfino più magri, con le ossa degli zigomi che premevano contro la pelle secca e squamata.

I due oltrepassarono l'emporio lentamente, squadrando con astio gli uomini raccolti lì davanti.

«Non avete nulla di meglio da fare che spettegolare come donnette?», li apostrofò il fattore Rodney.

«Ci stavamo solo dispiacendo per quello che è successo», rispose il signor Orson, gentile. «Quei cavalli vi stanno dando del vero filo da torcere.»

«Ancora per poco», ribatté l'altro. «Ancora per poco.»

Il flebile moto di compassione che Robb aveva provato nel sentire della disgrazia capitata ai Rodney si dissolse non appena Banastre gli rivolse uno sguardo malevolo e sputò a terra, prima di incollare le labbra alla fiaschetta. In un silenzio carico di tensione, il carro dei Rodney sparì oltre la curva della strada.

«Che voleva dire con "ancora per poco"?», chiese il signor Orson, dando voce ai pensieri di Robb.

Il signor Fuller alzò le spalle. Era un uomo magro e con

gli occhiali, con fini e radi capelli color fumo e un lungo naso all'ingiù. Più che un commerciante di campagna, sembrava un professore di città. Robb aveva sempre pensato che non c'entrasse molto lì, ma in qualche modo il signor Fuller riusciva a mandare avanti gli affari e a tenere a bada la variegata clientela del suo emporio.

«E chi lo sa», rispose Fuller. «Sono disperati. Ho sentito che dopo quest'ultima incursione dei Mustang, non riusciranno a racimolare nulla alla prossima vendita di bestiame. Le loro vacche sono più secche di loro.»

«Dove sono andati?», chiese Robb all'improvviso.

«In città», disse Fuller. «Sono passati di qui all'alba, appena ho aperto. Hanno dato un'occhiata dentro e poi sono usciti senza una parola. Non so cosa volessero, non me l'hanno detto. Di qualunque cosa si tratti, a quanto pare io non la vendo.»

Attirato da un vociare rabbioso, Fuller rientrò nel suo negozio, mentre il signor Orson e alcuni fattori iniziarono a parlottare fra di loro. Robb si voltò per guardare il punto oltre il quale erano scomparsi i Rodney, turbato.

Ancora per poco.

Vogliono fare qualcosa ai Mustang, realizzò Robb.

E l'unico modo per scoprire cosa, era spiarli.

La fattoria dei Rodney si trovava a mezz'ora di cavallo dall'Emporio Smithson, verso sud, ed era circondata da un'alta collina di terra rossa e un boschetto di querce. Per evitare di incrociarli lungo la strada, Robb temporeggiò quasi un'ora prima di muoversi. Una volta raggiunto il boschetto, smontò da cavallo e lo legò a un albero. Poi strisciò su per la collina, tenendo la testa bassa. Era così che facevano gli indiani, no? Se funzionava per loro, avrebbe funzionato anche per lui.

Una volta sulla sommità del piccolo promontorio, restò sdraiato e studiò la situazione.

Attorno all'edificio principale – modesto e trascurato, niente a che vedere con l'elegante dimora dei Varner o degli Hogg – i Rodney avevano costruito una serie di edifici secondari. C'erano un fienile, una stalla e una rimessa per gli attrezzi. Più in là, all'interno di un modesto recinto, una coppia di asini brucava nella polvere. In lontananza Robb vide l'orto, chiuso da una palizzata irregolare. I quattro Rodney erano tutti lì, a sgobbare tra le piante, cercando di ricavare qualcosa da quel fazzoletto di terra poco generosa.

Il carro con cui erano tornati dalla città non si vedeva da nessuna parte.

Devono averlo portato dentro al fienile, pensò Robb quando notò la porta spalancata dell'edificio. *Forse hanno già scaricato quello che hanno comprato. O forse no.*

Scese la collina con cautela, cercando di tenersi basso. L'ultimo cane dei Rodney – una creatura disgraziata che Robb aveva visto solo in un paio di occasioni – era morto da qualche mese e non era ancora stato sostituito. Così

Robb poté raggiungere indisturbato il fienile e insinuarsi all'interno.

Che tanfo, si disse arricciando il naso. Lo spazio angusto, privo di finestre, era stipato di paglia secca e sacchi coperti di guano. Alzando la testa, Robb vide una colonia di pipistrelli appesa alle travi del soffitto.

Il carro era in fondo al fienile, nascosto da un telo lurido. Robb lo raggiunse e poi sollevò la stoffa, scoprendo...

Un sacco.

Si chinò per osservarlo da vicino, ma sembrava un banale sacco di stoffa, e nemmeno troppo grosso. Il fondo del carro era cosparso di un leggero strato biancastro. *Farina*, pensò Robb. *Ma perché non l'hanno comprata dal signor Fuller e sono andati fino in città?*

In quel momento alcuni pipistrelli appesi al soffitto si svegliarono e iniziarono a sbattere le ali, infastiditi dalla sua presenza.

«Ehi, ehi!», esclamò lui con voce soffocata quando uno di loro gli planò contro, colpendolo al volto con un'ala. «Va' via!»

Nel dimenarsi, Robb urtò il carro e il sacco cadde a terra, aprendosi e rovesciando tutta la farina sui suoi stivali.

«Diavolo...», borbottò Robb, evitando l'ennesimo attacco del pipistrello. Temendo che i Rodney sentissero il baccano all'interno del fienile, arretrò verso l'uscita e finalmente il pipistrello lo lasciò in pace.

Deluso, Robb si preparò a correre verso la collina per tornare da Tuono. Quella spedizione era stata un vero fallimento. Forse i Rodney non avevano comprato la farina dal signor Fuller come al solito per cercare un venditore più economico, dato che erano sul lastrico. Ma quella frase, allora?

Ancora per poco.

I pensieri di Robb vennero interrotti dalle voci dei Rodney. Il ragazzo sbirciò all'esterno. I quattro erano ancora nell'orto, ma adesso stavano discutendo su chi dovesse portare da bere a uno dei muli "che tanto era già mezzo morto".

Che vuol dire?, si chiese Robb.

«Vacci tu!», stava urlando Boyle a Benedict. «Io quella roba non la tocco!»

«Fila subito nel fienile o ti riempio di bastonate!», intervenne il padre con rabbia. «Forza, muoviti!»

Prima che Boyle o uno dei fratelli si voltasse verso il fienile rischiando di sorprenderlo, Robb schizzò fuori dall'edificio e si arrampicò velocemente su per la collina di terra rossa. Corse verso il boschetto di alberi e raggiunse Tuono, che stava inutilmente cercando di brucare la poca erba secca lì attorno.

«Andiamocene via da qui, bello», mormorò Robb. Vedere il modo in cui i Rodney si rivolgevano l'un l'altro gli lasciava sempre una sgradevole sensazione sotto la pelle. E, anche se non aveva mai avuto il coraggio – e l'onestà – di formulare ad alta voce quel pensiero, il fattore Rodney gli ricordava tremendamente suo padre, a volte.

Salì in sella a Tuono e girò il cavallo.

«Guarda un po' chi si rivede. Che ci fai qui, mezzatacca?»

Robb sussultò per la sorpresa. I ragazzi Rodney erano

lì, armati di forconi e vanghe, i volti coperti di sudore e le braccia magre ustionate dal sole. Ma come avevano fatto a scoprirlo e a raggiungerlo tanto in fretta?

Una scorciatoia, pensò poi.

«Sì, che ci fai qui?», rincarò Boyle pungolando Tuono con il forcone. Il cavallo nitrì di dolore e arretrò.

«Lascia stare il mio cavallo!», esclamò Robb.

«Altrimenti?», lo provocò Boyle.

«Altrimenti...» Robb si rese conto di costituire una ben misera minaccia dal punto di vista fisico. Erano tre contro uno e lui non era mai stato bravo a fare a botte. Così, decise di puntare su un tipo diverso di minaccia. «Altrimenti dovrete risarcire mio zio. Questo cavallo è molto costoso e non credo che vostro padre sarebbe contento di doverci dei soldi.»

I ragazzi Rodney si scambiarono un'occhiata, soppesando le parole di Robb. Poi, dopo un cenno di Banastre, Boyle e Benedict gettarono a terra gli attrezzi. Robb strinse le redini di Tuono, aspettando di avere la strada libera per lanciarlo al galoppo.

«Sai, mezzatacca, per come la vedo io, ti dai troppe arie», commentò Banastre, mollemente appoggiato al suo forcone. «Voi che ne dite, ragazzi?»

Boyle sputò a terra. «Già.»

«Troppe», confermò Benedict.

«E per cosa?», proseguì Banastre. «Perché vivi a scrocco dallo zietto ricco? Tutto profumato e imbellettato come una donnetta?»

Boyle sghignazzò. «Quella demente di tua sorella è più uomo di te.»

«Sta' attento a quello che dici!», lo minacciò Robb, sentendosi le guance bollenti.

«Che c'è, ti sei offeso?», chiese Banastre. «Lo sanno tutti che tua sorella ha la testa marcia.»

«Marcia, marcia, marcia», cantilenò Benedict.

«Ma con i genitori che questi due si ritrovano, cosa potevi aspettarti?», ghignò Boyle. «Dei falliti completi.»

«I miei genitori non sono affatto dei falliti!», esclamò Robb, furioso. «Sono in California e sicuramente stanno facendo un sacco di soldi, a differenza di voi morti di fame!»

I ragazzi Rodney si scambiarono un'occhiata.

«Non lo sa», disse Boyle con un ghigno. «Il damerino non lo sa.»

«Ma certo che non lo sa», ribadì Banastre. «Altrimenti non si darebbe tutte quelle arie.»

Robb guardò i ragazzi Rodney con una sgradevole sensazione allo stomaco. Di cosa stavano parlando?

Banastre continuò a sogghignare divertito, prolungando l'agonia di Robb. Poi parlò.

«I tuoi genitori non sono in California, mezzatacca. Sono tornati l'anno scorso. Con la coda fra le gambe.»

«Peggio di una coppia di cani randagi», rincarò Boyle.

«Lo sai cosa fanno adesso?», proseguì Banastre. «Lavorano nei campi. Nella piantagione di tabacco dei Musson. Non è lontana da qui, no, ragazzi? Cosa sarà? Una giornata di viaggio?»

Boyle confermò. «Anche meno.»

«Anche meno», ripeté Banastre lentamente. «I tuoi genitori sono a meno di una giornata di viaggio da qui. A lavorare spalla a spalla con i negri. Come dei veri *morti di fame*.»

«Non ci credo», disse Robb fermamente.

«Per me puoi credere a quello che vuoi», ribatté Banastre. «Ma adesso sparisci, prima che mio padre ti trovi sulla sua proprietà e te le suoni.»

Robb non se lo fece ripetere due volte e lanciò Tuono al galoppo, seguito dalle risate dei fratelli Rodney.

Robb non tornò a casa.

Quale casa? Quella in cui tutti sapevano la verità, ma non avevano avuto il coraggio di dirgliela? Perché, ne era sicuro, se i Rodney erano al corrente del ritorno dei suoi genitori dalla California, di certo dovevano esserlo anche zio Richard e zia Adele. Le lettere provenienti dalla piantagione di tabacco adesso avevano un senso: non erano da parte del signor Musson, erano da parte dei suoi. Zio Richard era in contatto con loro da tempo, e non glielo aveva detto.

Deluso, amareggiato e pieno di rancore, Robb continuò a cavalcare, lasciando che fosse Tuono a decidere dove andare. A lui non importava. Non gli importava di nulla.

Quando Tuono si fermò, Robb si riprese dallo strano torpore in cui era caduto e si interessò nuovamente al mondo attorno a lui. Era pomeriggio inoltrato. Il sole iniziava ad abbassarsi e l'aria a raffrescarsi. Robb si rese conto che Tuono lo aveva portato proprio ai margini dello strapiombo dove lo aveva condotto Ako alcune notti prima. Smontò da cavallo e legò le redini a un arbusto vicino, poi si avvicinò al precipizio. I Mustang non c'erano. Lo specchio d'acqua dove li aveva visti con Ako era immobile, e rifletteva la luce aranciata del tramonto. In quel momento Robb si sentì più solo che mai. Meno amato che mai. Meno voluto che mai.

Si sedette a terra, le gambe nel vuoto, e iniziò a piangere.

CAPITOLO 11

«Svegliati. Su, svegliati.»

Robb sentiva qualcosa pungolarlo a un fianco, ma nella foschia del sonno non riusciva a capire cosa fosse. Un animale, forse?

Ma gli animali non parlano, ragionò la parte più lucida di lui.

«*Despierta!*»

Spalancò gli occhi e per un attimo si trovò senza respiro. Era indolenzito e provava un fastidioso formicolio alle gambe. E, a proposito di gambe, a pochi centimetri dal suo viso ce n'erano un paio avvolte da pantaloni color sabbia. Alzando lo sguardo, vide che appartenevano a qualcuno dal volto ovale e lunghi capelli scuri: Ako.

Robb si mise a sedere tossendo. Un attimo dopo, Ako gli gettò sulle spalle qualcosa di morbido e caldo: una coperta.

«Stupido», disse la ragazza Comanche senza troppi preamboli. «Accamparsi senza un fuoco è stupido. È pieno di coyote qui attorno.»

Robb sussultò e cercò subito Tuono con lo sguardo. Ma

il cavallo era proprio lì, a pochi passi da lui, intento a brucare un po' d'erba. Un attimo dopo, Robb realizzò che il tramonto aveva lasciato posto a una distesa viola e rosa. L'alba. Aveva dormito tutta la notte.

«Non mi sono accampato. Mi sono addormentato», borbottò.

«Ancora più stupido», decretò Ako. Poi disse qualcosa nella sua lingua. Anche se Robb non parlava il Comanche, ebbe la netta sensazione che lei lo stesse insultando. A fatica, si alzò, stringendosi la coperta addosso.

«Attento», disse Ako afferrandolo per un braccio, quando Robb barcollò.

Lui si divincolò, infastidito. «Posso farcela da solo.»

Ako replicò con uno sguardo scettico. Poi indicò con il mento la spianata sottostante. Robb si voltò.

«I Mustang!», mormorò quando vide la distesa di cavalli ai piedi dello strapiombo, attorno alla pozza d'acqua. «Ieri non c'erano.»

«Vanno e vengono», commentò Ako. «Sono animali liberi.»

Robb fissò i cavalli che pascolavano sotto la luce dell'alba. «Non serve più che me ne catturi uno.»

«Cosa?»

«Ho detto che non voglio più un Mustang», ripeté Robb.

«Perché?»

«È così e basta.»

«Come vuoi», disse Ako. «Adesso va' a casa.»

«Io non ho una casa.»

La ragazza Comanche alzò le spalle, poco colpita dall'affermazione di Robb. «Buona fortuna, allora», concluse prima di voltarsi.

«Aspetta!», la fermò Robb. «Posso... posso venire con te?»

Ako aggrottò la fronte, come se non avesse capito bene la richiesta. Poi spostò lo sguardo da Robb a Tuono e infine ai Mustang sotto di loro.

«Riesci a cavalcare?»

«Se riesco...? Ma certo!»

Ako salì sul suo cavallo con un balzo. «Allora muoviti.»

Robb raggiunse Tuono, si tolse la coperta dalle spalle e la arrotolò, fissandola alla sella. Poi montò sul Purosangue e afferrò le redini. Ako lo aspettava vicino allo strapiombo.

«Dove andiamo?», le chiese.

Ako arricciò le labbra in uno strano sorriso. «Hai mai corso con i Mustang?»

E senza aspettare risposta, lanciò il suo cavallo giù per il crinale della collina. Dopo un primo attimo di sorpresa, Robb spronò Tuono.

«Forza, bello, facciamole vedere come cavalca un muso pallido! Vai!»

I cavalli selvaggi reagirono non appena Ako e Robb irruppero nella spianata. Uno a uno, come un'onda, si impennarono lanciando alti nitriti al cielo, e poi iniziarono a correre verso l'orizzonte.

Non corrono, volano!, pensò Robb mentre faticava per raggiungerli, nonostante Tuono fosse a detta di tutti il cavallo più veloce della contea. Anche il cavallo di Ako aveva dei problemi nel tenere il passo dei Mustang, ma la Comanche riusciva a compensare assecondando i movimenti dell'animale, appiattendosi sulla sua schiena, piegandosi da un lato o dall'altro a ogni curva, in modo da non creare il minimo attrito con l'aria. Robb provò a imitarla e, invece di stare dritto come gli aveva insegnato suo zio, si sdraiò su Tuono, appoggiando la bocca vicino all'orecchio dell'animale.

«Coraggio, bello. Vedrai che li prendiamo.»

Per diversi minuti tutto quello che Robb riuscì a vedere furono gli zoccoli dei Mustang che chiudevano il branco, accompagnati da una gran nuvola di polvere ed erba. Poi i cavalli rallentarono per risalire un pendio e Robb riuscì a raggiungerli insieme ad Ako.

Tuono si infilò tra due esemplari bianchi che correvano affiancati e per un attimo Robb ebbe la sensazione di essere uno di loro, un Mustang. Libero, senza vincoli né costrizioni, con l'unico limite del cielo sopra la testa e l'orizzonte davanti.

I Mustang continuarono la loro cavalcata selvaggia deviando verso un basso corso d'acqua. Lo attraversarono di volata, sollevando schizzi e spruzzi, e Robb si trovò fradicio dalla testa ai piedi. Ma mai, mai, in vita sua si era sentito così felice e non riuscì a trattenere le risate.

Ako, che cavalcava pochi metri avanti a lui, si voltò e sorrise, gridandogli qualcosa.

«Come?», gridò lui di rimando senza capire, mentre gli zoccoli dei cavalli martellavano sul terreno. *Tu-tum. Tu-tum. Tu-tum.*

Ako aprì la bocca per rispondere, ma dei nitriti improvvisi catturarono la sua attenzione e si voltò.

«Cosa c'è?», esclamò Robb, mentre alcuni Mustang davanti a lui scartavano bruscamente di lato. Tuono nitrì e scartò a sua volta, rischiando di sbalzare Robb di sella.

«Maledizione!», gridò il ragazzo stringendo più forte le redini. Cosa stava succedendo? Perché i Mustang si stavano dividendo in modo tanto caotico?

«Coyote!», sentì urlare Ako.

«Cosa? Dove?»

«Coyote! Lì, guarda!»

Robb impiegò qualche istante a metterli a fuoco in mezzo a tutto quell'inferno di polvere. Poi li vide. Due coyote adulti dal manto rossiccio e le lunghe code vaporose. Correvano rapidi in mezzo ai cavalli, cercando di individuare la loro preda. Robb guardò Ako. Cosa dovevano fare? Scacciarli? Scappare, per evitare che attaccassero i loro cavalli? Se fosse stato da solo, avrebbe seminato i coyote. Ako, però, sembrava avere altre intenzioni.

Cosa sta facendo...?, pensò Robb, quando vide la ragazza Comanche imbracciare l'arco e incoccare una freccia per poi... per poi mettersi in piedi sul dorso del suo cavallo, prendere la mira e scagliare la freccia contro i coyote.

«Bel colpo!», esclamò Robb, mentre Tuono continuava a galoppare senza sosta in mezzo ai Mustang rimasti. La freccia aveva sfiorato la testa di un coyote, che si era allontanato spaventato.

L'altro, invece, non aveva l'aria di voler mollare.

Robb e Ako continuarono a cavalcare tra i Mustang, cercando di non perderlo di vista. Robb non capiva come l'animale pensasse di poter attaccare uno di quei giganteschi cavalli senza finire calpestato.

Poi il coyote mostrò la sua strategia. Rallentò di colpo e scivolò in coda al gruppo.

Ma cosa vuole fare...?, si chiese Robb.

Il coyote continuò a correre per una manciata di secondi, poi si voltò di scatto, spiccò un balzo e attaccò alla gola il cavallo che chiudeva il branco.

«Per la miseria!» Robb provò a far rallentare Tuono per tornare indietro, ma venne quasi travolto dai cavalli alle sue spalle. «Diamine!», gridò, lottando per restare in sella quando il Purosangue venne colpito a un fianco da un Mustang.

«Togliti di lì!», sentì gridare Ako, da qualche parte dietro di lui. «Ti schiacceranno!»

Robb si chinò su Tuono e strinse i talloni. Il cavallo accelerò, infilandosi tra una coppia di Mustang un attimo prima che i due cavalli si sfiorassero.

A fatica, Robb riuscì a condurre Tuono fuori da quell'inferno di cavalli.

«Ce l'abbiamo fatta...», mormorò, mentre Tuono, con la bocca schiumante, si fermava per riprendere fiato. «Dov'è Ako?»

Robb si guardò attorno, aspettando che il tornado di terra e polvere sollevato dal passaggio dei Mustang si posasse.

«Ako!», la chiamò quando la vide inginocchiata sul Mustang diversi metri più in là, con le spalle rivolte verso di lui.

Robb smontò da cavallo e la raggiunse correndo.

«Come sta il Mustang? È ferito...? Oh, Signore.»

Il cavallo stava morendo. Il coyote gli aveva staccato un grosso pezzo di carne dal collo e poi si era dileguato con il suo bottino, messo in fuga da Ako. La ragazza gli accarezzava la criniera, mormorando parole di conforto nella sua lingua. Robb non aveva mai assistito a una scena tanto straziante e non riuscì a reggere lo sguardo terrorizzato del cavallo, i suoi gorgoglii disperati mentre il sangue usciva a fiotti dalla ferita.

Poi, in un attimo, fu tutto finito. Il Mustang smise di lamentarsi e i suoi occhi restarono fissi su Ako.

Robb guardò la Comanche, con le mani sporche di sangue e il volto cupo.

«Mi dispiace...», provò a dire.

«Non dispiacerti», lo interruppe Ako, brusca. «La sua anima adesso è libera. Cavalca insieme a Manitou, il Grande Spirito.»

Robb non aveva idea di cosa stesse dicendo, ma restò in silenzio mentre la ragazza si alzava, spolverandosi i pantaloni coperti di terra.

«Non avevo... non avevo mai visto un coyote in azione», ammise poi Robb.

«Sono furbi. E molto coraggiosi. Attaccano la preda di fronte, anche se è più grossa di loro. Le lacerano la gola, così sono certi che muoia.»

Robb non lo sapeva. Le sue esperienze con i coyote si riducevano a qualche strage di galline alla piantagione, prima che zio Richard facesse costruire pollai coperti e recintati per la notte.

Ako si guardò attorno e poi emise un fischio. Il suo cavallo, che stava pascolando più in là, corse subito da lei.

«Non te l'ho mai chiesto, ma come si chiama?» domandò Robb.

«Vento.»

«È un bel nome. L'hai scelto tu?»

Lei scosse la testa.

«Chi è stato?»

Ako gli scoccò un'occhiataccia e si fermò accanto a Vento, accarezzandogli la criniera chiara. «Mio padre.»

Robb rimase in attesa del resto e la guardò con aria speranzosa. Ako baciò Vento sul naso e gli mormorò qualcosa all'orecchio, poi gli diede una pacca e il cavallo si allontanò.

«Dove sta andando?»

«A bere», rispose Ako. «Dovresti lasciare andare anche il tuo.»

«Ma come fanno a sapere dov'è l'acqua?»

Ako guardò Robb scuotendo la testa. «Sei proprio un bianco.»

Punto sul vivo, Robb diede una pacca a Tuono. «Va' anche tu, bello», disse, pregando che il cavallo non si perdesse o, peggio, si azzoppasse.

Mentre i due cavalli si dileguavano, Ako si sedette a terra, appoggiando la schiena contro un masso. Sganciò l'ascia dalla cintura dei pantaloni e iniziò a rigirarsela fra le mani.

«Il nome di mio padre era Tabe Eka», iniziò a raccontare. «Sole Rosso.»

Robb si sedette accanto alla Comanche e solo in quel momento notò il disegno inciso sul manico della sua ascia: un sole.

«Era un grande guerriero. Uno dei migliori. Capace di uccidere fino a dieci bisonti in un'unica caccia», proseguì lei, senza smettere di manovrare l'ascia.

«Cosa gli è successo?», chiese Robb.

«È morto. Di una delle malattie portate da voi bianchi, insieme a metà della mia tribù. Anche mia madre si è ammalata, ma è sopravvissuta. E quando l'epidemia è passata, un altro guerriero del villaggio ha preso tutti i cavalli di mio padre – erano oltre cento – e mia madre ha detto che avrei dovuto sposarlo. Ma io non volevo. E non volevo nemmeno che prendesse i cavalli di mio padre. Appartenevano a me e a mia madre, capisci? Ma dato che non sono un maschio, non ho potuto...» Ako si accigliò, alla ricerca del termine corretto. «*Heredarlos*...?»

«Vuoi dire ereditarli?»

Ako annuì. «Sì, esatto. Ereditarli.»

«Oh. E così te ne sei andata.»

«Sì.»

Robb rifletté sul racconto della Comanche. «Le ragazze che conosco io sarebbero state contente.»

«Contente di cosa?»

«Di sposare un uomo con un bel po' di bestiame.» Robb guardò Ako. «Hai avuto del fegato.»

«Fegato?»

«Voglio dire, sei stata coraggiosa», spiegò Robb.

«Volevo solo essere libera.»

«Lo capisco», mormorò Robb. In fondo, era quello che voleva anche lui. «Ma non deve essere facile vivere soli in mezzo alla prateria.»

La ragazza alzò le spalle. «Non sono sola. C'è Vento con me. E lo spirito dei miei antenati. E il grande Manitou.» Abbassò lo sguardo sulle collane di ossa e sassolini bianchi e blu che portava al collo e se ne sfilò una. «Tieni.»

Robb prese la collana senza capire. Cosa doveva farci? Era roba da femmine, quella.

«Per la tua prima corsa con i Mustang», spiegò Ako.

«Ah», mormorò Robb, capendo il significato del gesto. «Be', grazie.» Si infilò la collana e se la girò due volte attorno al collo, nascondendola sotto la camicia.

Robb e la Comanche restarono lì seduti per un po', in silenzio, con lo sguardo sulla natura davanti a loro. L'erba verde che oscillava al vento, il sole alto e caldo che iniziava a bruciare.

In quel primo momento di calma da parecchie ore, Robb iniziò a interrogarsi sul suo futuro. Cosa doveva fare? Tornare alla piantagione da zio Richard e zia Adele? Ma la sola idea di trovarsi faccia a faccia con loro sapendo che gli avevano tenuto nascosto il ritorno dei suoi genitori in Texas lo faceva impazzire di rabbia. Quale altra opzione aveva? Vivere da solo lì fuori, come Ako? Si era sempre ritenuto scaltro e abile in mezzo alla natura, ma dopo quello che aveva visto fare alla ragazza Comanche... be', non era più così certo che sarebbe riuscito a sopravvivere.

Un rumore di zoccoli e dei bassi nitriti lo distolsero dai suoi pensieri. Vento e Tuono erano di ritorno.

Ako si alzò con aria soddisfatta, appendendo l'ascia alla cintura dei pantaloni. «Visto?»

Robb cercò di mascherare il sollievo. Per un attimo aveva temuto il peggio.

«Vieni qui, bello», disse accarezzando con affetto il muso di Tuono. «Sei stato bravo.»

Ako montò Vento. «Andiamo.»

«Dove?»

«Al mio accampamento.»

Robb salì in sella a Tuono. «E dov'è?»

Ako indicò a nord. «Di là», rispose sbrigativa. «Ho del cibo. Dobbiamo mangiare. E bere.»

Per una volta, Robb si trovò perfettamente d'accordo con la ragazza. In silenzio e senza contraddirla, spronò Tuono, accodandosi dietro di lei.

CAPITOLO 12

«Seguimi e stai attento a dove mette le zampe Tuono. Qui attorno è pieno di trappole.»

Robb e Ako si erano fermati in cima a una piccola altura rocciosa. Sotto, uno spiazzo d'erba verde delimitato su due lati da alcune betulle dal tronco chiaro. Al centro, una piccola tenda a forma di cono e alcune griglie formate da rami sottili a cui erano stesi pelli e vestiti. Robb non aveva mai visto una tenda indiana dal vivo, ma aveva sentito dire che erano strutture ingegnose, capaci di trattenere il calore d'inverno e garantire una buona ventilazione d'estate. E poi, potevano essere smontate e trasportate ovunque.

«Hai sentito cosa ho detto? Attento alle trappole.»

«Trappole?», trasalì Robb.

Ako schioccò la lingua e Vento si incamminò a valle. Robb spronò Tuono, facendo attenzione a non deviare di un solo passo dal percorso della Comanche.

«Adesso puoi scendere», disse Ako una volta raggiunta la tenda. Smontò da cavallo e si stiracchiò, sfilandosi arco e faretra dalla schiena e gettandoli a terra. Poi si voltò. «Cosa fai ancora lì sopra? Scendi.»

«Ma le trappole...»

«Scendi», ripeté Ako sparendo dentro la tenda.

Robb scrutò il terreno, poi prese un bel respiro e scese da cavallo.

«Resta vicino a Vento, hai capito?», sussurrò a Tuono. «Anzi, non muoverti di qui.»

Il cavallo nitrì e iniziò a brucare pigramente un po' d'erba, senza condividere nemmeno una briciola della preoccupazione del padrone.

Robb si voltò verso la tenda. L'apertura era circolare, coperta da un drappo di pelle scura. «Ako? Posso...?»

«Muoviti o mi mangio tutto da sola.»

Robb, che non toccava cibo dal giorno prima, si affrettò a entrare.

Ako era seduta davanti a un mucchio di braci fumanti con in mano un pezzo di carne essiccata. Sulle prime Robb restò sorpreso di trovare un falò dentro una tenda. Poi, alzando lo sguardo, si accorse che la punta della capanna era formata da un incrocio di pali senza copertura, in modo che il fumo potesse uscire liberamente. Pochi e semplici oggetti rendevano quel piccolo spazio accogliente, ben più accogliente dell'elegante sala da pranzo di zio Richard o del salotto dove zia Adele prendeva il tè con le amiche. La coperta sopra il giaciglio di foglie di mais secche era dipinta con colori caldi: marrone, arancione e ocra. Le decorazioni sulle pelli che rivestivano i pali di betulla, adornati da mazzetti di erbe aromatiche, raffiguravano cavalli con le criniere al vento e bisonti dalle gobbe scure. Il pavimento – che pavimento non era, ma semplice terra battuta – era coperto da stuoie dei colori del tramonto. In un angolo, Robb vide ammonticchiati diversi oggetti che immaginò fossero frutto degli scambi commerciali di Ako: pentole, vasellame, un piccolo specchio ovale e... il fucile che Aimery aveva rubato alla piantagione di zio Richard.

«Tieni.»

Ako lanciò a Robb un pezzo di carne essiccata e il ragazzo lo prese al volo prima di sedersi dall'altra parte del fuoco. Poi se lo rigirò fra le mani, incerto. Non aveva un'aria molto invitante. Era duro come la suola di una scarpa ed emanava un odore... selvatico. Quando se lo portò alla bocca e lo addentò, per poco non ebbe un conato di vomito. La carne era asciutta, fibrosa e restava attaccata sotto i denti. Robb si ritrovò quasi a rimpiangere le scorzette candite della marmellata di arance di Mami Bo.

Ako divorò il suo pezzo e poi ne prese un altro da una piccola sacca di tela.

«Vuoi?», lo offrì a Robb, che stava cercando di dissimulare il disgusto.

«No, grazie.»

Ako alzò le spalle e finì anche il secondo pezzo di carne. Poi bevve delle lunghe sorsate d'acqua da una fiasca e si appoggiò a un palo della capanna, soddisfatta.

Robb cercò di finire la sua carne in qualche modo, sperando che la Comanche non si accorgesse della sua difficoltà. Non voleva certo fare la figura del ragazzino incapace di adattarsi alla vita in mezzo alla natura selvaggia.

«Allora», esordì Ako, «perché non vuoi tornare alla piantagione?».

«Sono arrabbiato con i miei zii», rispose lui.

«Perché?»

Robb riassunse brevemente la storia della sua famiglia, omettendo però gli aspetti più sgradevoli dell'Incidente e l'intervento di Aimery per salvarlo.

«Essere arrabbiato con i tuoi zii non risolverà nulla», decretò Ako. «Il passato non si può cambiare. I tuoi genitori non sono venuti a prenderti perché non sono interessati a te. È con loro che devi essere arrabbiato. Non con i tuoi zii. Tantomeno con tua sorella, che non capisce la metà di quello che succede attorno a lei.»

«Ma Susan...»

«Dici che i tuoi genitori ti hanno lasciato qui per colpa sua, ma lo sai che non è così.»

Le parole di Ako bruciavano. Ma, nel profondo, Robb sapeva che erano vere.

«I miei zii però...»

«Non c'è nessun però», lo interruppe Ako. «Continui a prendertela con le persone sbagliate solo perché è più facile. E scegliere la strada più facile non è mai bene.»

«Io non ho scelto la strada più facile», protestò Robb.

«Invece sì», ribatté Ako. «Come quel tuo viaggio in California. In realtà è solo un modo per scappare. Da quello che non ti piace. Da quello che non sai affrontare.»

«Anche tu sei scappata!», protestò Robb.

«Io non sono scappata», replicò Ako. «Sono rimasta qui, nel luogo a cui appartengo, ma alle mie condizioni.» Ako si alzò in piedi e squadrò Robb dall'alto. «Dici che questa non è casa tua. Ma è l'unica che hai. Ti conviene trovare il modo di renderla tale.»

Robb ricomparve alla piantagione accompagnato dal suono del corno degli schiavi.

La prima persona ad accorgersi del suo ritorno fu Mami Bo, appisolata sul dondolo del portico principale. Quando vide Tuono risalire il viale alberato, spalancò gli occhi e balzò in piedi.

«*Ossignoresantissimo*, ragazzo!», gridò gettando le braccia al cielo. «*Ossignoresantissimo!*»

Scese di corsa i gradini del portico e lo afferrò per un braccio, tirandolo a forza giù dal cavallo. Una volta a terra, Robb era certo che Mami Bo gli avrebbe rifilato uno scappellotto o lo avrebbe strigliato a dovere. La vecchia cuoca, invece, lo abbracciò forte.

«Mi hai fatto morire di paura!», esclamò. «Ragazzo, mi hai fatto quasi venire il crepacuore! Ma è modo questo, dico io? Te ne vai senza avvisare, e con il cavallo del padrone, per di più!»

«Eravate preoccupati per questo? Per Tuono?», chiese Robb.

Mami Bo lo afferrò per le spalle e lo allontanò da sé,

fissandolo negli occhi. «Ma che sciocchezze vai dicendo, ragazzo? Sai cosa ce ne importa del cavallo al padrone?»

Prima che Robb potesse rispondere, zia Adele comparve sulla porta di casa. Robb non l'aveva mai vista tanto in disordine. La zia, sempre così curata, aveva i capelli chiari raccolti in una treccia scompigliata e indossava un abito stropicciato. Ai piedi, poi, a Robb sembrò di intravedere degli stivali da uomo infangati.

«Mami Bo, con chi stai... Robb!»

Zia Adele scese correndo dal portico e raggiunse il nipote, strappandolo dalle braccia di Mami Bo per stringerlo fra le sue.

«Ci hai fatto così preoccupare...», mormorò. «Ma dove sei stato per tutto questo tempo? Sei ferito? Stai bene?»

«Sto bene, zia Adele. Sto bene», rispose Robb senza ricambiare l'abbraccio. Tutte quelle attenzioni lo stavano infastidendo e – nonostante il consiglio di Ako – l'unica cosa a cui pensava era il fatto che zia Adele gli avesse mentito per tutto quel tempo.

«Padroncino!»

Virgil arrivò zoppicando dalle stalle. Vedendo il vecchio schiavo corrergli incontro con un sorriso tanto sincero, per un attimo Robb fu tentato di mettere da parte la rabbia e il rancore e di godersi l'affetto che tutti stavano riversando su di lui. Ma fu solo un attimo.

«Come stai, eh? Cos'è successo?», lo incalzò l'uomo quando lo ebbe raggiunto. «Temevo fossi caduto in qualche crepaccio o fossi stato sorpreso da un coyote.»

«Sto bene, Virgil.»

Gli occhi attenti dello schiavo corsero alla collana che Robb portava al collo.

«Sono stanco», disse lui sottraendosi al suo sguardo.

«Ma certo...», mormorò zia Adele. «Va' a riposarti. Parleremo più tardi.»

Robb si avviò verso la casa grande, sentendo gli sguardi di Mami Bo, Virgil e zia Adele sulla schiena. Non appena posò il piede sul primo gradino del portico, zio Richard spalancò la porta di casa. Aveva l'aria sfinita, la camicia sgualcita e la barba in disordine.

«Robb...», iniziò accigliato.

«Non voglio ascoltarti», lo interruppe lui salendo i gradini.

Zio Richard lo afferrò per un braccio. «Ma cosa ti prende, ragazzo? Tua zia si è quasi sentita male dalla preoccupazione!»

Robb si divincolò. «Mi prende che mi avete mentito, tutti quanti! Le lettere dalla piantagione Musson? Non avevi nessun affare in ballo con il tabacco! Erano di mamma e papà, ma tu me l'hai nascosto!»

Zio Richard aprì la bocca per ribattere, ma non riuscì a dire nulla.

«Dimmi perché», chiese Robb. «Merito di saperlo.»

Zio Richard scosse la testa. «È stato tuo padre a volere così. Ho saputo per caso anche io che era tornato insieme a tua madre, cosa credi? Non lo aveva detto nemmeno a me. Quando sono andato là non ha voluto vedermi, tantomeno accettare i miei soldi.»

«Ma *perché* non è venuto a prendermi?»

«Non lo so, Robb.» Zio Richard si passò una mano sul viso. «Penso che tu e Susan gli ricordiate troppo questo posto. Tuo padre non è mai stato felice qui, lo sai. Non è mai stato abbastanza per lui. Niente lo è mai stato.»

«Nemmeno io?», chiese Robb. «Nemmeno io sono mai stato abbastanza per lui?»

Zio Richard non rispose in modo diretto. «Albert è sempre stato così, fin da quando eravamo bambini. Non è mai stato felice di ciò che aveva attorno, perché in verità non è mai stato felice di ciò che aveva dentro.»

«Ma io sono suo figlio!», gridò Robb.

«Lo so.» Un lungo attimo di silenzio, poi zio Richard aggiunse: «Per quel che può valere, ragazzo, tu per me sei sempre stato abbastanza».

Ma non era quello che Robb voleva sentire. Non era la risposta che il suo cuore desiderava.

Incredulo e mortificato, entrò in casa, salì la grande scala di legno e si rifugiò in camera sua.

Robb non scese per la cena. Restò sdraiato sul letto a fissare il soffitto, negli abiti del giorno prima, con attorno al collo quella collana che odorava di erba, cavallo e sudore.

E così, era finita. L'avventura che aveva tanto sognato, la California, pregustando quello che avrebbe detto a suo padre una volta giunto a destinazione... non sarebbe stato mai più di quello, un sogno. Non c'era nessun viaggio nel suo futuro. Nessuna riconciliazione con la sua famiglia. Nessuna ammirazione da parte del padre per la sua impresa. Per suo padre, Robb non esisteva.

Come se non fossi mai nato, pensò raggomitolandosi su un fianco, mentre il cielo si tingeva di nero e gli ululati dei coyote riempivano l'aria.

A un certo punto della sera, Tango entrò in camera e gli diede un colpetto con il muso.

«Va' via, Tango», borbottò Robb. «Vattene. Non ho voglia di giocare.»

Il cane uggiolò deluso e nell'uscire dalla stanza rubò uno degli stivali di Robb.

«Non ti rincorro», disse Robb. «Capito? E lascia lo stivale.»

Tango lo ignorò e corse via con lo stivale in bocca. Robb restò sdraiato e si tirò il copriletto sulla testa.

A scuoterlo nuovamente da quel torpore, ore dopo, fu un rumore di sassolini contro il vetro della finestra. Brontolando, Robb aprì gli occhi. Solo una persona avrebbe cercato di attirare la sua attenzione in quel modo: Aimery. Senza alcun desiderio di vedere l'amico, Robb si girò dall'altro lato, dando le spalle alla finestra. Aimery, però, non sembrava intenzionato a desistere, perché continuò a lanciare sassolini contro il vetro.

Esasperato, Robb si alzò e andò alla finestra.

Aimery era lì sotto, nascosto fra i cespugli di rose.

«Scendi!», sussurrò.

Robb chiuse i vetri senza dire una parola. Restò lì in piedi per qualche istante, indeciso, poi recuperò un paio di vecchi stivali dall'armadio (Tango non aveva restituito quello rubato) e uscì dalla sua stanza.

Il ballatoio era silenzioso e la porta della camera di Susan chiusa. Anche la stanza degli zii era chiusa, ma Robb sapeva che zio Richard era nel suo studio, intento a sistemare documenti e corrispondenza, come faceva ogni sera fino a tardi. Scese le scale silenziosamente e sgattaiolò fuori dall'ingresso principale. Girò attorno alla casa e si avvicinò ai cespugli.

«Aimery», chiamò.

Lo schiavo fece capolino dalle piante. «Vieni qui, prima che Price e Foster mi vedano.»

Robb alzò le spalle. «Sei con me. Non faranno tante storie.»

«Le faranno eccome, invece.»

Robb si insinuò tra i cespugli, sedendosi a terra accanto allo schiavo. «Allora?», chiese. «Che c'è?»

«Che c'è?», ripeté Aimery. «Sei sparito per quasi due giorni. Pensavano che fossi morto.»

«Tu no?»

«No, io no. So che sei capace di cavartela là fuori.»

«Mi consolo. Almeno non mi ritieni una nullità anche tu.»

Aimery guardò Robb senza capire. «Cosa vuoi dire?»

«Come, non lo sai? Pensavo che lo sapessero tutti tranne me, povero stupido che sono.»

«Smettila di piangerti addosso e spiegati», sbottò Aimery con l'abituale schiettezza.

«I miei genitori sono tornati dalla California un anno fa e non sono venuti a prendermi», disse Robb tutto d'un fiato. «Non mi hanno neanche scritto né chiesto di andare a trovarli dove lavorano. I miei genitori, capisci? E per loro è come se non fossi mai nato. Come se non fossi nulla.»

Robb si abbracciò le ginocchia e posò il mento sugli avambracci, scuotendo la testa. Ecco come stavano le cose. Finalmente aveva avuto il coraggio non solo di dirlo a qualcuno, ma di dirlo a se stesso.

Non sei importante per nessuno.

«Mi dispiace», disse Aimery.

Robb si schiarì la voce e si asciugò gli occhi.

«I Mustang», iniziò poi cambiando argomento. «Sono in pericolo. Credo che i Rodney vogliano farli fuori.»

«Cosa?», chiese subito Aimery. «Come? Quando?»

Robb riassunse ad Aimery l'incontro con i Rodney, inclusa la spedizione alla fattoria.

«Ma, purtroppo, non ho scoperto cosa stiano architettando», concluse Robb.

«Maledizione», borbottò Aimery. «Ako deve sbrigarsi a catturare i Mustang. Io e Abel dobbiamo andarcene da qui al più presto. Ci sono sempre più ranger lungo la strada che porta in Messico.» Lo schiavo si alzò da terra, nervoso. «Devo rientrare prima che i sorveglianti inizino le ronde tra le baracche.» Fece per uscire dai cespugli, poi si fermò e rivolse uno sguardo a Robb, ancora seduto a terra.

«Robb?»

Il ragazzo alzò gli occhi. «Sì?»

«Non lasciare che siano gli altri a definire il tuo valore. Ciò che importa è quanto vali per te stesso. Io lo so bene. Se resto qui, per voi bianchi sarò per sempre Aimery il fabbro, lo schiavo da seicento dollari. Ma dentro di me», si batté una mano sul petto, «so di essere di più. Molto di più. E devo avere la possibilità di scoprirlo. Nessuno ha il diritto di negarmela. Tanto meno la mia stessa paura».

CAPITOLO 13

La mattina seguente Robb saltò la colazione e si rifugiò subito nelle stalle, evitando i contatti con chiunque. Quando Virgil entrò per spazzare a terra, Robb gli diede le spalle e continuò a strigliare Boy in silenzio. Il vecchio schiavo non cercò di incrinare il muro di Robb e iniziò a pulire il pavimento fischiettando uno dei suoi motivetti allegri.

Quando Virgil non era ancora arrivato a metà lavoro, Rachel entrò di corsa nella stalla. «Virgil, prendi il carro e va' a chiamare il dottor Boode. Tango sta male.»

«Cosa?», chiese subito Robb smettendo di spazzolare Boy. «Cos'ha che non va?»

«Non lo so», rispose Rachel. «Ma il padrone è molto preoccupato. Virgil, sbrigati!»

«Vado io!», si offrì subito Robb. «Sarò più veloce.»

Prima che Rachel potesse protestare, Robb era già salito in sella a Boy. Il ragazzo spronò il cavallo e lasciò in fretta la piantagione, diretto alla casa del dottore. Il veterinario abitava in una piccola tenuta poco dopo la proprietà del signor Hogg, insieme alla moglie e alle due figlie. Robb era stato solo una volta a casa sua, quando era appena arrivato lì in Texas insieme a tutta la famiglia, ma il dottor Boode era un viso conosciuto alla piantagione.

Speriamo sia in casa, pensò Robb quando Boy oltrepassò il cancello d'ingresso della tenuta. La casa del dottore si trovava circa un centinaio di metri più all'interno, circondata da alcuni alti e rigogliosi cespugli di genziane.

«Dottor Boode!», chiamò senza scendere da cavallo. «Dottore!»

La porta della casa si aprì e una giovane schiava uscì sul portico. «Chi lo vuole?»

«Mi manda mio zio, Richard Varner», rispose Robb. «Di' al tuo padrone che è urgente. Il nostro cane sta male.»

La schiava rientrò in casa e dopo qualche minuto il dottor Boode – basso, tarchiato, con i capelli bianchi legati in un codino e la barba a punta – uscì di corsa, calzando il cappello con una mano mentre con l'altra reggeva la valigia con l'attrezzatura medica.

«Rochester, sella il mio cavallo!», gridò al vento, prima di strapparsi dal petto un tovagliolo chiazzato di marmellata e caffè. Poi si rivolse a Robb. «Che succede al vecchio Tango?»

«Non lo so dottore, io non l'ho visto. Ma hanno detto che è grave.»

Il veterinario brontolò, tamponandosi la fronte con il tovagliolo. Un attimo dopo un giovane schiavo sopraggiunse correndo, con al traino un pezzato dalla criniera bionda.

«Alla buonora», borbottò il dottore montando a fatica

in sella. «Andiamo. Non voglio arrivare là per dire a tuo zio che il suo amato cane è spacciato.»

Non più di dieci minuti più tardi Robb e il dottor Boode oltrepassarono i confini della proprietà Varner. Ad aspettarli sul portico trovarono il vecchio Virgil. Lo schiavo si precipitò giù dai gradini e aiutò l'uomo a scendere da cavallo.

«Sta male», disse. «Sta molto male.»

Il dottor Boode imprecò e corse dentro casa, seguito da Robb e Virgil.

«August, qui!», chiamò angosciato zio Richard dal suo studio.

Robb entrò nella stanza pochi attimi dopo il veterinario, che trovò già a terra accanto al cane. Tango era sdraiato vicino alla scrivania dello zio, con la lingua fuori dalla bocca, gli occhi chiusi e il respiro affannoso.

«Non riesce ad alzarsi», disse zio Richard. «Ho provato di tutto, anche a offrirgli della carne. Non ne vuole sapere.»

«Da quanto tempo è in questo stato?», chiese il dottore iniziando a palpare il ventre del cane.

«Quando sono entrato nello studio un paio di ore fa stava bene», rispose zio Richard.

«Però, padrone, Tango non è venuto in sala da pranzo mentre facevi colazione con la padrona», intervenne Virgil. «Di solito sta sotto al tavolo sperando di rubare qualcosa da mangiare. Mentre stamattina non l'ha fatto, no?»

«Sì. Sì, è vero», ammise zio Richard con aria confusa.

«Va bene, va bene», tagliò corto il dottor Boode, aprendo la bocca del cane e annusando l'interno. «Ha mangiato qualcosa di strano?»

«August, Tango mangia qualunque cosa, lo sai», rispose zio Richard. «Ma non l'ho mai visto così.»

Il veterinario si guardò attorno accigliato, poi indicò qualcosa in un angolo. «Quello stivale», disse, «sembra che ne manchi un pezzo».

«È mio», intervenne subito Robb. «Me l'ha rubato ieri sera. Ma l'ha fatto altre volte. L'anno scorso se ne è mangiato uno tutto intero, suola compresa, ed è stato benissimo.»

«Prendilo, ragazzo. Voglio vederlo.»

Robb corse a raccogliere lo stivale e lo portò al dottor Boode, che lo esaminò con aria pensierosa.

«Sì, non è un cuoio particolarmente duro e un cane di questa stazza...» Si accigliò. «Cos'è questa roba biancastra?», chiese indicando un grumo che si era incastrato tra il tacco dello stivale e la suola.

«Non lo so...», mormorò Robb avvicinandosi per guardare meglio. Era stato in talmente tanti posti con quegli stivali. All'accampamento di Ako, nella prateria dove i coyote avevano attaccato il Mustang, nel fienile dei Rodney...

«Farina!», esclamò Robb. «Me ne sono rovesciato sugli stivali un sacco pieno. Per terra c'era un po' di guano e deve essere rimasta attaccata...»

«Dov'è successo?», chiese subito zio Richard.

Prima che Robb potesse inventare una risposta, il dottor Boode aveva staccato il grumo dallo stivale e se lo era portato alla bocca, assaggiandolo con la punta della lingua.

«Farina?», esclamò sputandosi nella manica della giacca. «Questo è ossido arsenioso! Presto, del sale!», disse rivolgendosi a Rachel, paralizzata sulla porta. «Muoviti, ragazza, non stare lì imbambolata a fissarmi!»

La schiava sparì in direzione della cucina e il dottor Boode guardò Robb. «Non so dove tu sia stato, giovanotto, ma questa roba sotto il tuo stivale è veleno della peggior specie!»

«Veleno?», ripeté Robb confuso.

«Arsenico», sottolineò il dottore. «Ma non credo che il tuo cane, Richard, ne abbia ingerito una quantità sufficiente a ucciderlo. Gli indurrò il vomito, e dovrebbe bastare.»

Rachel tornò con il barattolo del sale e il veterinario ne infilò una manciata in bocca a Tango.

«Coraggio, coraggio. Lo so che non è un granché, ma l'alternativa è decisamente peggiore. Coraggio.»

In qualche modo, riuscì a far ingerire il sale al cane, che dopo pochi minuti iniziò a essere scosso da conati.

«Ci siamo», disse il dottore alzandosi. «Richard, vuoi far coprire il tappeto dalla tua schiava?»

«Non mi importa niente del tappeto», rispose zio Richard.

Il veterinario sorrise e incrociò le braccia, in attesa.

Nonostante la preoccupazione per il cane, la mente di Robb, adesso, era rivolta altrove. Raccolse lo stivale che il dottor Boode aveva lasciato a terra e se lo rigirò fra le mani.

Quello sotto la suola era arsenico in polvere. Il sacco sul carro dei Rodney ne era pieno. All'improvviso gli fu tutto chiaro. La discussione tra Boyle e Banastre su chi dovesse *portare da bere* a uno dei muli... *Io quella roba non la tocco!*

Vogliono avvelenare i Mustang!, realizzò. *Scioglieranno il veleno nell'acqua! Ma come costringeranno i cavalli a berla?*

«Ci siamo!», esclamò il dottor Boode, mentre Tango iniziava a vomitare sul tappeto di zio Richard. «Forza, bello. Butta fuori tutto.»

«Starà bene?», chiese Robb al veterinario.

«Direi di sì», rispose lui. «Giovanotto, non so dove tu sia stato, ma ti consiglio di tenerti alla larga da quel posto. L'arsenico è mortale non solo per gli animali, ma anche per noi uomini.»

Zio Richard guardò Robb e fece per parlare – sicuramente intenzionato a chiedere spiegazioni al nipote –, ma in quel momento Tango guaì di dolore e lo zio si chinò subito su di lui, mormorando parole di conforto.

Robb decise di approfittarne per andarsene. Doveva avvertire Aimery. E capire se Ako avesse già catturato i cavalli per lui e Abel. Ma se anche così fosse stato...

Non posso stare a guardare mentre i Rodney ammazzano quelle bestie, si disse Robb uscendo di corsa di casa e andando verso la fucina. *Nessuno merita di morire in quel modo.*

«Aimery!», chiamò poi.

Lo schiavo si affacciò dalla porta, sudato e con in mano un paio di pinze dall'estremità incandescente.

«Si tratta di Tango? È peggiorato?»

«No, lui è fuori pericolo», rispose Robb. «Ma i Mustang no», sussurrò. «Ho capito cosa vogliono fare i Rodney.» Robb mise al corrente l'amico delle loro intenzioni.

«Maledetti...», mormorò Aimery alla fine del resoconto. «Ma come possiamo fermarli? Per quanto ne sappiamo, potrebbero averli già avvelenati!»

«Io non credo. Se ci fossero duecento cavalli morti da qualche parte, lo avremmo saputo», ragionò Robb. «O per lo meno lo avrebbe saputo il dottor Boode.»

«Forse piazzeranno degli abbeveratoi sui loro pascoli nel caso i Mustang passassero di nuovo di lì...», ipotizzò Aimery. «No, non ne avrebbero abbastanza... Deve essere un lago o un fiume. Un posto dove i Mustang vanno a bere spesso. Ma potrebbe trovarsi ovunque.»

Robb drizzò la testa. «Un posto dove vanno a bere spesso...», ripeté. «So dov'è!»

«Sul serio?»

«Sì, mi ha portato lì Ako una notte. E dopo essere stato alla fattoria dei Rodney ci sono ritornato. I Mustang erano di nuovo lì, attorno a una pozza d'acqua.»

Aimery rivolse a Robb uno sguardo interrogativo, ma non chiese nulla in merito alla sua gita notturna con Ako.

«Dobbiamo andarci», disse lo schiavo. «Potrebbero aver scoperto anche i Rodney di quel posto. Dobbiamo controllare che non rovescino il veleno nella pozza.»

«Sì», concordò Robb.

Aimery si tolse il grembiule da lavoro e lo appese a un chiodo. «Che stiamo aspettando?»

«È pieno giorno. I sorveglianti si accorgeranno che te ne sei andato», esitò Robb.

«Al diavolo i sorveglianti!», sbottò Aimery. «Non lascerò che i Rodney mandino a monte il mio piano! Io e mio fratello ce ne dobbiamo andare da qui!»

«Va bene, va bene», acconsentì Robb, pur sapendo che si trattava di un rischio enorme per lo schiavo. «Tu aspettami al Rifugio. Pensi di riuscire ad arrivarci senza farti vedere?»

Aimery annuì. «Devo.»

Non c'era altro da aggiungere. Robb uscì dalla stalla. Il cavallo del dottor Boode era ancora legato davanti alla casa, quindi dovevano essere ancora tutti nello studio di zio Richard, in attesa che Tango si riprendesse.

Mi dispiace, Tango. Non avevo idea che quello fosse arsenico, pensò Robb muovendosi per andare a prendere Boy. Poi si fermò. *Tuono*. Era stato lui a condurlo al dirupo il giorno prima.

Robb rientrò di corsa nella stalla e afferrò le redini di Tuono. «Ho bisogno di te, amico. Devi portarmi dai Mustang. Hai capito? Al dirupo.»

Tuono sbuffò dalle grosse narici tonde e Robb montò in sella. Uscì dalla stalla senza attirare l'attenzione e diresse il cavallo oltre la fucina e il fienile, verso il confine nord della piantagione, al di là del quartiere degli schiavi, che a quell'ora era deserto. Tuono saltò la staccionata che segnava il confine della proprietà Varner senza difficoltà e si lanciò al galoppo in direzione del Rifugio, lasciandosi dietro una lunga scia di polvere.

CAPITOLO 14

«Eccola. È laggiù.»

Robb fermò Tuono a pochi passi dal dirupo. Il sole era ancora basso e un vento leggero spazzava l'erba attorno alla pozza d'acqua. Robb si accorse subito che il terreno era stato calpestato di recente. I Mustang dovevano essere passati da poco.

Aimery, dietro di lui, smontò da cavallo e si avvicinò al ciglio. «Non vedo segni di carro», disse socchiudendo gli occhi. «I Rodney non sono stati qui.»

«Spero di non essermi sbagliato sul posto», mormorò Robb saltando a terra.

«Questa è la nostra possibilità migliore», replicò Aimery iniziando a scendere lungo il crinale della collina. «Non possiamo certo cercare ogni pozza d'acqua della zona e metterci ad aspettare i Rodney.»

I due ragazzi raggiunsero la spianata e si guardarono attorno. Sulla destra, a una cinquantina di metri dall'acqua, c'era una macchia di alberi abbastanza fitta da nascondere Tuono. Robb condusse il cavallo lì e lo legò a un albero, seguito da Aimery. Poi si acquattarono a terra, spalla contro spalla, in attesa.

Il tempo sembrava essersi fermato. Robb continuava a guardarsi attorno, impaziente e angosciato. Quello era tutto fuorché un piano ben congegnato. Come avrebbero affrontato i Rodney? Erano solo in due, e disarmati. Quando espresse le sue preoccupazioni ad Aimery, lo schiavo sorrise e infilò una mano dietro alla schiena.

«Non siamo del tutto disarmati.»

Robb guardò il martello da lavoro dell'amico.

«Aimery... se lo alzi contro uno di loro – contro un *bianco* – e poi non riuscissi a scappare...»

Robb lasciò la frase in sospeso, ma entrambi sapevano quali sarebbero state le conseguenze.

Aimery nascose nuovamente il martello. «Ti ho già detto che non mi importa.»

Il sole aveva da poco raggiunto lo zenit, quando Tuono iniziò a battere gli zoccoli a terra, nervoso. Robb drizzò la testa, dando di gomito ad Aimery.

«Forse ci siamo», sussurrò.

Il carro comparve pochi istanti dopo, oltre la curva della collina. Robb strinse i pugni. Una parte di lui stava esultando – non si era sbagliato, allora! – ma l'altra era piena di rabbia: i Rodney volevano davvero sterminare i Mustang in quel modo orribile.

«Anche loro sono solo due», mormorò Aimery. «Il vecchio e il maggiore. Io posso tenerli occupati mentre tu prendi il veleno e scappi con Tuono.»

«Non ti lascio qui da solo con loro», replicò Robb. «Non sai quanto possono essere pericolosi.»

«C'è di mezzo la mia libertà e quella di mio fratello», ribatté Aimery con aria cupa. «Posso essere molto pericoloso anche io.»

Robb scosse la testa. Non voleva che Aimery si macchiasse di un simile crimine. Se anche fosse scappato, sarebbe stato ricercato per aggressione o, peggio, omicidio, e non era una cosa su cui la giustizia era disposta a chiudere un occhio, soprattutto se il responsabile era uno schiavo.

I Rodney, padre e figlio, condussero il carro fin quasi allo specchio d'acqua. Prima di smontare, studiarono attentamente i dintorni. Poi Banastre scese e prese il sacco che Robb aveva visto nel fienile.

«Tutto?», chiese al padre.

L'uomo incollò le labbra alla fiaschetta e bevve un lungo sorso prima di rispondere. «Tutto. Quelle maledette bestie devono pagare per quello che hanno fatto.»

Banastre prese il sacco con l'arsenico, ma gli scivolò di mano e un po' di polvere bianca si sparse a terra.

«Sta' attento, stupido!», ringhiò il padre. «Lo sai quanto costa quella roba! Ci ho speso fino all'ultimo dollaro che avevo!»

«Sono pazzi», mormorò Robb. «Invece di usare i soldi per costruire una recinzione o spostare i pascoli o comprare altre vacche, preferiscono vendicarsi dei cavalli.»

«Se lo possono scordare», disse Aimery alzandosi in piedi e impugnando il martello.

«Aimery, aspetta...», provò a fermarlo Robb, ma lo schiavo era già uscito allo scoperto e stava marciando con aria bellicosa verso i Rodney.

«Ehi, voi!», li apostrofò.

Banastre si voltò. «Guarda un po' chi c'è. Il negro dei Varner. Che ci fai qui tutto solo? Non sarai mica scappato?»

Il fattore Rodney scese dal carro. «Vattene.»

«No.»

Banastre si infiammò subito. «Come osi rispondere così a mio padre?»

Aimery gli puntò il martello contro. «Lascia andare il veleno.»

Banastre guardò l'arsenico e per un attimo sembrò confuso. «Come sai che... Sei stato tu! Sei stato tu a entrare nel nostro fienile! Il sacco era rovesciato... Ah, passerai un mare di guai, schiavo. Te lo posso assicurare! Farò in modo che ti diano una bella dose di frustate su quella tua sudicia schiena...»

«Nessuno frusterà il mio amico.»

Robb si andò ad affiancare ad Aimery.

Il fattore Rodney guardò i due ragazzi e scoppiò a ridere. «Il tuo *amico*? E cosa pensate di fare tu e il tuo amico, eh? Levatevi di mezzo immediatamente, o vi beccherete entrambi una bastonata!»

«Non si azzardi a toccarci», disse Robb.

«Moccioso, non mi fai paura. Né tu né quell'arrogante spocchioso di tuo zio, con i suoi modi pomposi, tutti i suoi schiavi e la sua elegante tenuta.»

«Lascia andare il sacco», ripeté Aimery a Banastre.

«Perché?», lo provocò lui. «Altrimenti cosa fai?»

«Banastre...», lo ammonì il padre, ma Aimery era già partito all'attacco. Caricò Banastre come un toro, gettandolo a terra.

«Il sacco!», gridò Aimery a Robb, mentre lottava con Banastre.

Robb restò per un attimo paralizzato, con davanti agli occhi l'immagine di Aimery che penzolava dalla forca. Poi si riscosse e si precipitò a raccogliere il sacco da terra.

«Fermo, moccioso!», esclamò in quel momento il fattore Rodney.

Robb non lo stette a sentire e si gettò il sacco in spalla, iniziando poi a correre verso Tuono.

«Aaah!»

Robb aveva percorso pochi metri, quando le grida di dolore di Aimery lo costrinsero a fermarsi. Voltandosi, vide che il fattore Rodney era giunto in soccorso del figlio, colpendo Aimery alle spalle con un bastone. Aimery cadde a terra sulla schiena e il fattore Rodney provò a colpirlo di nuovo, ma Aimery rotolò su un fianco.

«Robb, scappa!», gridò all'amico quando lo vide fermo. «Vai!»

Robb indietreggiò di qualche passo, senza sapere cosa fare. Non poteva lasciare Aimery lì. Non poteva abbandonarlo.

«Ascolta il tuo amico, mezzatacca!», gridò Banastre muovendosi verso di lui. «Perché se ti prendo, sei finito!»

Robb indietreggiò ancora e, combattuto, riprese a correre verso Tuono stringendo il veleno. Raggiunse il cavallo e legò il sacco alla sella con movimenti frenetici.

«Tuono, devi andare a casa, capito? Devi tornare a casa!» Robb liberò le redini del cavallo e gli diede una pacca sulla schiena. «Vai, Tuono! Vai!»

Il cavallo nitrì e si lanciò al galoppo. Per un attimo Robb si sentì pervadere dal sollievo. Ce l'aveva fatta...

Poi udì uno sparo.

Si girò di scatto. «Aimery!», gridò. Ma, prima di poter tornare dall'amico, Banastre spuntò dai cespugli e lo spinse a terra.

«Dov'è il veleno?», gridò premendogli un gomito contro la gola. «Dov'è?»

Robb annaspò in cerca di aria, divincolandosi furiosamente. «La-lasciami!» Afferrò una manciata di terriccio e la lanciò contro Banastre, che si portò d'istinto le mani al viso. Robb ne approfittò per scappare via.

«Aimery!», gridò uscendo dai cespugli.

L'amico era in ginocchio, con in mano il martello, immobile, lo sguardo fisso sulla pistola che il fattore Rodney gli stava puntando contro. Robb fu preso dal panico. Aimery era ferito? No, non vedeva sangue... Forse quello di Rodney era stato solo un colpo d'avvertimento...

«Il veleno!», gridò Banastre. «È andato, papà. Non c'è più.»

Il fattore Rodney ululò di rabbia e fece per sparare, ma Robb si parò davanti a lui.

«Non si azzardi, signor Rodney. Non si azzardi a sparare al mio amico, perché in tal caso dovrà colpire anche me.»

«Banastre, levamelo di torno», disse il fattore.

Il ragazzo afferrò Robb per un braccio.

«No! No!», gridò Robb. «No! Non può uccidere uno schiavo di mio zio! Gli dovrà un sacco di soldi! Lo sa quanto vale Aimery? Almeno seicento dollari! Lei li ha seicento dollari, signor Rodney? Li ha?»

Lo sguardo dell'uomo fu attraversato da un lampo di incertezza, ma continuò a tenere Aimery sotto tiro.

«Sì, papà», intervenne Banastre con uno strano sorriso. «Piantargli una pallottola in corpo sarebbe troppo facile. So io qual è la giusta punizione per questi due. Riportiamoli dal signor Varner.»

Il fattore Rodney rivolse uno sguardo perplesso al figlio. Poi fece segno a Robb e ad Aimery di salire sul carro.

«Niente scherzi o sparo a entrambi.»

Robb aiutò Aimery ad alzarsi, mentre Banastre prendeva il martello.

«Stai bene?», sussurrò Robb.

Aimery annuì, guardando con occhi di fuoco il fattore Rodney.

«Conserva la tua rabbia per dopo, schiavo», rise lui. «Perché ne avrai bisogno. Oh, se ne avrai bisogno.»

CAPITOLO 15

«Guarda un po' che comitato di accoglienza, eh, papà?»

Il carro dei Rodney stava percorrendo il viale che conduceva alla casa dei Varner. Sul portico, Robb poteva distinguere zio Richard e il dottor Boode. Ai piedi dei gradini, invece, Virgil dava da bere a Tuono.

«Signor Rodney, metta immediatamente via quella pistola!», esclamò zio Richard scendendo dal portico con un balzo. «Lasci andare i miei ragazzi!»

Banastre fermò il carro e il fattore Rodney sogghignò. «I suoi ragazzi? Ma che problema avete voi Varner con gli schiavi? Li trattate come se fossero bianchi.» L'uomo ripose la pistola e fece un cenno a Robb. «Levati di torno, moccioso.»

«Aimery», disse zio Richard mentre Robb scendeva dal carro. «Vieni qui.»

«Un momento, un momento», intervenne il fattore Rodney. «Il suo ragazzo, come lo chiama lei, ha aggredito mio figlio.»

Banastre mostrò i tagli e i lividi sulla faccia. «Con questo martello», precisò sollevando l'attrezzo da lavoro.

«Già», rincarò il fattore Rodney. «E ha cercato di ammazzare anche me. Se non avessi avuto la pistola, non sarei qui, adesso, signor Varner.»

«Aimery non farebbe mai una cosa simile», replicò fermo zio Richard. «È un bravo ragazzo. Non mi ha mai dato problemi.»

«Se lei non mi crede, lo farà lo sceriffo», sorrise il signor Rodney. «Due testimoni bianchi contro la parola di uno schiavo e quella di un moccioso bugiardo», disse indicando Robb. «Dovrebbe tenerlo un po' più a bada, il suo nipotino, signor Varner. Sta venendo su come il padre, e non è una bella cosa.»

«Non mi faccio dare lezioni di educazione da lei», ribatté zio Richard, cingendo con un braccio le spalle di Robb.

«La pensi come vuole, ma il suo schiavo ha cercato di ammazzarci e deve essere punito», ribadì il fattore Rodney.

«È lei che deve essere punito!», esclamò Robb. «Voleva avvelenare i Mustang con l'arsenico!»

«Allora il veleno è suo...», intervenne il dottor Boode. «Lei è un pazzo scriteriato! Non può andarsene in giro con un sacco pieno di quella roba!»

«Basta!», gridò Banastre mettendosi in piedi sul carro. «Voi ricconi dovete smetterla di dare ordini e dire quello che possiamo o non possiamo fare! O punite questo negro o andremo dritti dallo sceriffo, che lo farà impiccare! Lo sapete anche voi che andrà così!»

Robb guardò Aimery. «No... Non potete...»

Il fattore Rodney ghignò. «A meno che...»

«A meno che cosa, signor Rodney?», chiese zio Richard.

L'uomo guardò Banastre. «Parla.»

Banastre sorrise. «Lo dovete vendere. Oggi stesso. C'è un'asta in città nel pomeriggio. E dovrà essere lui», indicò Robb, «a stabilire il prezzo».

«No!», esclamò Robb.

Zio Richard restò in silenzio.

«Zio...», mormorò Robb. «Non puoi... ti prego...»

«Non ho scelta, Robb», rispose lo zio a bassa voce. «Se i Rodney vanno dallo sceriffo, Aimery sarà impiccato.»

«Ma l'idea è stata mia!», protestò Robb. «Sì... Sono stato io a ordinargli di venire con me... Lui non voleva...»

Lo zio scosse la testa. Guardò i Rodney. «D'accordo. Venderò Aimery oggi stesso. Possiamo chiudere qui questa infelice vicenda?»

«Nossignore», rispose il fattore Rodney. «Rivoglio il mio veleno», disse indicando il sacco ancora appeso alla sella di Tuono.

«Mi oppongo», intervenne il dottor Boode. «Non posso permettere che contaminiate un fiume o uno stagno con quella roba. Morirebbero decine di animali. Per non parlare di quello che accadrebbe al terreno circostante.» Si infilò una mano nella tasca del panciotto e tirò fuori un portafoglio. «Ecco qui. Ve lo compro io.»

Rodney guardò con aria avida le banconote che il veterinario stava contando. «Se ci tiene tanto, dottore.»

«E dovrete lasciare in pace quei cavalli», aggiunse il dottore. «Per sempre.»

«E chi ce la paga la recinzione dei nostri pascoli?», chiese Banastre. «Lei?»

«Precisamente», rispose il dottor Boode.

Il fattore Rodney strinse le spalle. «Io non ho nulla in contrario di certo.»

Il dottor Boode consegnò i soldi all'uomo, che se li infilò rapidamente in tasca. Rodney guardò Aimery. «Scendi dal mio carro, sudicio schiavo.» Poi si toccò il cappello e sorrise. «Signori, è stato un piacere fare affari con voi.»

Banastre girò il carro e i Rodney si allontanarono lungo il viale alberato, sotto lo sguardo pieno di rabbia di Robb.

«Non può finire così!», esclamò. «Non può. Zio...»

Lui scosse la testa. «Ho le mani legate, Robb. Aimery deve essere venduto.»

«Vendilo agli Hogg! O al signor Orson!»

«I Rodney chiamerebbero lo sceriffo. La cosa più sicura per lui è andare lontano da qui.» Zio Richard guardò lo schiavo, che se ne stava lì, inerte, con le braccia lungo i fianchi, come se non stessero parlando di lui. «Mi dispiace, ragazzo. Ma sai meglio di me che non puoi restare. I Rodney troverebbero una scusa per ammazzarti alla prima occasione.»

Aimery non rispose.

Zio Richard si rivolse a Virgil. «Va' a chiamare i genitori di Aimery, poi prepara il carro. Partiamo per l'asta il prima possibile.»

Zio Richard rientrò in casa senza aggiungere altro, seguito dal dottor Boode, mentre Virgil si allontanava. Robb e

Aimery restarono lì da soli, senza avere il coraggio di guardarsi in faccia, consapevoli che quella era la fine non solo della loro avventura, ma anche della loro amicizia.

Sul carro, nessuno parlava.

Né Virgil alla guida né zio Richard seduto accanto a lui. Sul retro, Robb e Aimery tenevano la testa china, le braccia appoggiate alle ginocchia. Stavano percorrendo l'ultimo tratto di strada che li separava dalla città, un lungo lembo di prateria verdeggiante che terminava con un boschetto di alberi radi. Oltre il boschetto e dopo un ponte in pietra, sorgevano le prime case. Era questione di poco, ormai.

Robb aveva ancora nelle orecchie le grida della madre di Aimery, quando le avevano detto quello che stava per succedere. E lo sguardo del padre, nel realizzare che avrebbe perso l'ultimo figlio che gli era rimasto.

«Ti prego, padrone», aveva detto. «Tu non sei come gli altri. Tu non separi le famiglie.»

Ma zio Richard lo aveva fatto, e così Aimery era stato caricato sul carro, che adesso procedeva inesorabile, lasciandosi alle spalle i soli luoghi che il ragazzo avesse conosciuto da quando era venuto al mondo.

Lo zio si schiarì la voce. «Ti venderemo a qualcuno per bene, Aimery.»

Aimery non rispose e continuò a tenere lo sguardo basso. Robb si sentiva scoppiare di impotenza. Era andato tutto storto. Tutto maledettamente storto. E a rimetterci sarebbe stato proprio Aimery. Chi lo avrebbe comprato? Dove sarebbe finito? E come poteva zio Richard essere certo di venderlo a qualcuno "per bene"? Magari sarebbe finito in una piantagione dove gli schiavi venivano frustati senza pietà. O mutilati. O costretti a fare qualunque cosa, anche la più indegna, pur di sopravvivere.

Un sibilo seguito da un rumore sordo interruppe i pensieri di Robb.

«Diavolo...!», trasalì quando vide una freccia conficcata sulla fiancata del carro.

«Ci attaccano!», esclamò Virgil. «Padrone, guarda! Indiani!»

Robb e Aimery si alzarono in piedi e videro...

«Ako!», esclamò Robb.

La Comanche, emersa dal boschetto di alberi, cavalcava a spron battuto verso di loro, tenendo per le redini un secondo cavallo dal manto a macchie nere e marroni: un Mustang.

Sotto lo sguardo sbalordito di Aimery – ma non di Robb, che già aveva assistito a quella prodezza –, la ragazza si mise in piedi sulla schiena di Vento e imbracciò nuovamente l'arco. La prima freccia si andò a conficcare a pochi centimetri dalla gamba di zio Richard. La seconda colpì in pieno il cappello di Virgil.

«Padrone, il fucile!», esclamò lo schiavo, allungando la mano verso la cassetta del carro.

Zio Richard afferrò il fucile e lo lanciò a Virgil. Poi prese la pistola dalla fondina.

«Ragazzi, scendete!», ordinò. «Mettetevi al riparo!»

Robb e Aimery si scambiarono uno sguardo, poi balzarono giù dal carro.

«Diavolo di un Comanche, te la faccio vedere io...», imprecò Virgil imbracciando il fucile e prendendo la mira.

«No, Virgil, aspetta!», gridò Robb, ma il colpo era già partito.

La pallottola prese Vento di striscio a un fianco. Una lunga scia cremisi si allungò sul manto chiaro del cavallo, che però non rallentò. Ako lanciò un grido di guerra e scagliò un'altra freccia contro Virgil, che fece appena in tempo a ripararsi dietro a una ruota del carro.

Nello stesso istante zio Richard puntò la pistola contro Ako. La ragazza Comanche si stava avvicinando sempre di più e Robb sapeva che lo zio non avrebbe sbagliato il colpo. Era troppo abile. Troppo preciso.

«Zio, aspetta...!»

Zio Richard sparò.

Robb chiuse gli occhi.

Quando li riaprì, Ako era ancora in sella a Vento, i capelli scuri che fluttuavano attorno alla sua testa come una lunga corona di piume e le collane bianche e blu che brillavano sotto il sole. D'istinto, Robb strinse la collana che la ragazza gli aveva regalato.

«Ci penso io, padrone! Ci penso io!», esclamò Virgil prendendo la mira.

Ma zio Richard posò la mano sulla canna del fucile imbracciato dallo schiavo e la abbassò. L'anziano boccheggiò senza capire.

«Ma padrone...»

Zio Richard guardò prima Aimery, poi Robb e la sua mano stretta attorno alla collana. Senza dire una parola, prese il coltello che portava appeso al fodero dei pantaloni e si avvicinò ad Aimery.

«Zio, cosa vuoi fare...», iniziò Robb, bloccandosi quando lo vide tagliare le corde che legavano i polsi dello schiavo, gettandole a terra.

«Diremo che sei stato un buon affare, ragazzo.»

Aimery restò immobile. Per un attimo sembrò sul punto di dire qualcosa, poi Robb gli diede uno spintone.

«Cosa diavolo stai aspettando, Aimery? Vai. *Vai!*»

Aimery si guardò i polsi. «Io non...»

Robb gli strinse un braccio. «Vattene prima che zio Richard cambi idea.»

«Sì, ragazzo», disse lui senza sorridere. «Da' retta a mio nipote. Vattene.»

Aimery esitò ancora un istante. Poi raddrizzò le spalle e guardò zio Richard dritto negli occhi, come mai aveva fatto prima.

«Grazie», disse. «*Signore.*»

Ako si fermò in quel momento accanto al carro insieme al Mustang scalpitante. Aimery porse la mano a Robb.

«Buona fortuna. Amico mio.»

Robb strinse la mano di Aimery. «Anche a te.»

Poi Aimery si girò, si aggrappò alla criniera del Mustang e si issò sulla sua schiena.

Ako guardò Robb e batté una mano sul dorso di Vento.

Se davvero quella non era la sua casa, se davvero non voleva provare a cambiare le cose, aveva l'occasione di andarsene per sempre.

Robb, però, scosse la testa.

La ragazza sorrise con approvazione. «Addio, ragazzo bianco.»

Ako e Aimery spronarono i cavalli, lanciandoli al galoppo. Robb restò a fissarli a lungo, fino a quando quei due alleati così improbabili – lo schiavo che voleva essere libero e la ragazza che non voleva sposarsi – svanirono nello sconfinato abbraccio della prateria.

Texas, maggio 1855

Le foglie delle piante di tabacco oscillavano pigramente sotto la brezza leggera dell'alba. L'aria profumava di erba, muschio e terra. Robb lasciò correre lo sguardo sul mare color smeraldo che si stendeva fino all'orizzonte rosato. Era la prima volta che metteva piede in quel luogo, che per cinque lunghi anni era stato nei suoi pensieri. Dapprima al centro, poi sempre più distante, fino a trasformarsi in una presenza annidata in un angolino della sua mente, come la tela di un ragno in un punto nascosto del soffitto.

In silenzio, spinse il cavallo lungo il viale.

Quando giunse davanti alla grande casa, un cane nero sbucò dal retro, abbaiando con aria guardinga.

«Buono, bello. Buono.»

Robb smontò da cavallo e il cane si avvicinò a lui, odorando con meticolosità i suoi stivali. Il ragazzo si inginocchiò a terra e gli diede una bella grattata dietro le orecchie. «Una volta avevo un cane proprio come te, sai? Si chiamava Tango.»

Il cane scodinzolò, entusiasta di quella dichiarazione, e premiò Robb con una leccata sull'orecchio. Poi piantò il naso tra la spalla e il collo del ragazzo, riprendendo ad annusare con foga.

Robb infilò due dita sotto la camicia e tirò fuori una sottile collana di ossa e sassolini bianchi e blu.

«Questa?», disse al cane. «Questa, amico mio, mi ha insegnato un sacco di cose. Ci credi?»

Il cane abbaiò, sempre più felice di quella conversazione fuori programma. Robb sorrise, infilò nuovamente la collana sotto la camicia e si alzò in piedi, legando il vecchio Boy davanti alla casa. Il sole non era ancora sorto, ma il ragazzo sapeva che in cucina sarebbero già stati al lavoro.

Seguito dal cane, fece il giro dell'edificio. Salì i gradini del piccolo portico dipinto di bianco e bussò alla porta-zanzariera. Una schiava dai capelli grigi comparve un attimo dopo, pulendosi le mani bagnate nel grembiule.

«Sì?»

«Sono Robb Varner. Ho un appuntamento d'affari con il signor Musson.»

La schiava aprì la porta. «Oh, sì. Ti aspettavamo, signor Varner. Il padrone non è ancora pronto, però.»

«Lo so, sono in anticipo. Nel frattempo, posso chiederti una tazza di caffè?»

«Ma certo. Vieni dentro, signor Varner. Te lo servo nel salotto.»

«No, grazie. Posso prenderlo qui fuori.»

La schiava rivolse uno sguardo perplesso a quel giovane bianco ben vestito che le parlava con tanta gentilezza, ma non osò contraddirlo.

Mentre lei rientrava in cucina, Robb si sedette sui gradini del portico. Il cane del signor Musson continuò a ronzargli attorno scodinzolando, poi si andò a sdraiare accanto a lui, posando il muso sulle sue ginocchia. Dopo pochi minuti la schiava uscì sul portico con una tazza fumante e una fetta di pane caldo.

«Grazie.»

La donna lo guardò accigliata e rientrò in fretta in cucina.

Robb fece colazione con lo sguardo fisso sui campi di tabacco, mentre il sole iniziava la sua lenta scalata verso il cielo. Il suono del corno che segnava l'inizio della giornata di lavoro si propagò improvvisamente nell'aria e gli schiavi iniziarono a emergere dalle loro baracche.

La schiava della cucina si affacciò dalla porta. «Il padrone è quasi pronto, signor Varner. Ti riceverà nel suo studio tra dieci minuti.»

Robb annuì e le porse tazza e piatto. «D'accordo. Vado a fare due passi, intanto, se non è un problema.»

La donna borbottò qualcosa – se quel giovane padrone bianco voleva andare a farsi una passeggiata, non aveva certo bisogno del suo permesso! – mentre Robb scendeva i gradini del portico e si avviava verso il quartiere degli schiavi.

La casa dove avevano abitato i suoi genitori era un po'

separata dal resto delle baracche, anche se non era più di quello, una baracca.

Robb aprì la porta ed entrò. Era vuota, non si aspettava il contrario. Eppure, tra quelle quattro pareti di legno riusciva a percepire la presenza dei suoi genitori. Quella sottomessa della madre e quella inquieta, irascibile e travagliata del padre. Restò lì per qualche minuto poi uscì, incamminandosi verso il cimitero della tenuta.

Anche la tomba del padre era separata da quelle degli schiavi, contrassegnata da un ceppo di legno su cui qualcuno aveva posato un mazzolino di fiori ormai secchi. Forse sua madre, pensò Robb, prima di tornare in Kentucky dalla sorella, quella zia di cui lui si ricordava a malapena.

Robb restò inginocchiato sulla tomba del padre per diverso tempo, poi tirò fuori dalla tasca dei pantaloni un coltello e iniziò a intagliare la superficie di legno.

Quando finì, si alzò in piedi e fissò a lungo la scritta.

Albert Varner

Quando scappi da te stesso, nessuno è mai abbastanza

Robb indugiò qualche istante ancora, prima di voltarsi e avviarsi verso la grande casa. Il cane del signor Musson lo raggiunse scodinzolando.

«Andiamo, bello. Devo concludere un buon affare con il tuo padrone. Sono io a mandare avanti la piantagione, adesso. Magari puoi dirmi i suoi punti deboli, eh?»

Il cane abbaiò festoso e Robb gli arruffò il pelo, lasciandosi alle spalle il cimitero. In quel momento, la piccola ragnatela nel punto invisibile del soffitto della sua mente si dissolse nell'aria.

E, finalmente, Robb fu libero.

Piccola postfazione dell'autrice

E così, la storia di Robb si conclude nel 1855. Dieci anni più tardi, nel 1865, a seguito della Guerra di Secessione, la schiavitù venne abolita in tutti gli stati americani, Texas compreso.

Non sappiamo se allo scoppio della guerra Robb abbia combattuto con gli Stati Confederati, di cui il Texas faceva parte, o se abbia disertato per unirsi agli Stati dell'Unione a sostegno dell'abolizione della schiavitù. Non sappiamo se Aimery e suo fratello Abel abbiano conquistato la loro libertà in Messico né quale sia stato il destino di Ako.

Alcune cose, però, le sappiamo.

Sappiamo che il 1865 è stato solo un passo, seppur grande e importante, verso l'uguaglianza. Sappiamo che tra il 1876 e il 1964 in numerosi stati americani vennero proclamate le Leggi Jim Crow, il cui obiettivo era quello di mantenere la segregazione razziale. In Texas, per esempio, i bambini di colore dovevano frequentare scuole diverse da quelle dei bambini bianchi.

Sappiamo che i nativi americani, un tempo padroni di territori sterminati, vennero decimati da malattie e guerre portate dai colonizzatori europei e costretti in seguito a vivere nelle riserve. Sappiamo che solo nel 1964 hanno ottenuto la parità sociale grazie al Civil Rights Act.

Sappiamo, infine, che dei milioni di Mustang che nel 1700 correvano liberi, dopo essere stati cacciati e avvelenati, adesso non ne restano che poche decine di migliaia.

Sapere tutte queste cose non può cambiare ciò che è già stato, ma può aiutarci a modellare ciò che sarà. È da questa speranza che è nata questa storia.

Finito di stampare nel dicembre 2020 presso
Elcograf S.p.A. - Stabilimento di Cles

FSC
www.fsc.org
MISTO
Carta da fonti gestite
in maniera responsabile
FSC® C115118